诗收获

2021 年冬 之卷

李少君
雷平阳
主　编

长江出版传媒

长江文艺出版社

诗收获

2021年/冬之卷

编委会

主　办：长江诗歌出版中心　中国诗歌网

编委会主任：吉狄马加
编委会（以姓氏笔画为序）：

吉狄马加	朱燕玲	刘　川	刘　汀	刘洁岷
江　离	李　云	李少君	李寂荡	吴思敬
谷　禾	沉　河	张　尔	张执浩	林　莽
金石开	周庆荣	郑小琼	胡　弦	泉　子
娜仁琪琪格	高　兴	钱文亮	黄礼孩	黄　斌
龚学敏	梁　平	彭惊宇	敬文东	谢克强
雷平阳	臧　棣	潘红莉	潘洗尘	霍俊明

主　　　编：李少君　雷平阳
执 行 主 编：沉　河
副　主　编：霍俊明　金石开　黄　斌
编辑部主任：谈　骁
编　　　辑：一　行　王单单　王家铭　戴潍娜
编　　　务：胡　璇　王成晨　石　忆

　　去勐昂缅寺小坐，听老佛爷说起一件事。虫灾肆虐的那些年，和尚也被叫了去满山捉虫，捉住，摁死，放在布袋子里，每天黄昏得用木杆秤称一称，看谁捉的虫斤两多一些。之后，又去过一次那座缅寺，老佛爷已经不知去向，接待我的佛爷年岁也不小，不知来自哪儿，也应该尊称其为老佛爷。他又讲了另一件事：中日滇缅战争打得人鬼不分时，山野上曾有一支自发组织起来的民众之兵，在某个头人的率领下，去到了战场上，结果只有头人的灵魂满身弹洞地回来了——然而，这个每个弹洞都汩汩冒着热血的灵魂，又将山野上所有游荡的灵魂组织起来，再次去到了战场上。这些灵魂一一战死，化身为白鹤，有的飞了回来，有的没有飞回来。这座密林中的缅寺，真的令我难以用语言去讲述，下次再去，不知老佛爷又会换成谁，更不知那新来的老佛爷会给我讲一个什么样的故事。

雷平阳

2021 年冬至，昆明

诗收获

2021
年/冬之卷

目录

推荐

中国诗歌网作品精选

评论与随笔

赤壁诗辑

季度观察

季度诗人

桑克的诗

/ 桑克

　　桑克，1967年生于黑龙江省8511农场，著有诗集《桑克诗选》《桑克诗歌》《桑克的诗》《转台游戏》《冬天的早班飞机》《拖拉机帝国》《冷门》《拉砂路》《朴素的低音号》等，译诗集《菲利普·拉金诗选》《学术涂鸦》《谢谢你，雾》《第一册沃罗涅什笔记》等，现居哈尔滨。

纪录或记录

并不需要你为天空的
审判提供证据，你的纪录
或者记录仅仅是为你一个人。
那是现在。未来呢？
也许会对另外一个人有些助益，
除此之外的推测全是
费力不讨好的猫毛，
既不能保暖也不能让你的
过敏性鼻炎转变成
巴斯克维尔猎犬。另外一个人
是谁？我认识吗？
真的存在这样一个人吗？
难道这不是你用来
吓唬杨先生的咒语吗？
也许吧。杨先生又是谁？
随便哪个姓杨或者不姓杨的
先生或者女士，也都经历过
冬天，至少是南方的冬天。
请你把心得体会或者
脑得体会全都记下来吧，
肝脏羊会感谢你，
还有胃口鱼。

人生

阳光太烈了，
起身拉上窗帘。
我在阴影里混日子，
也在书稿里。
窗外的 Monster 拿我没招儿，

更别提什么冰呀雪的。
粮食比较俭省，
手机里的友人也都懂事或者说
理解安静的重要性。
就这么一天天地混下去，
就是幸福的人生。

事实的重要性

雪们占领了花园。
它们既然喜欢就把花园
让给它们吧。有人不乐意。
乌鸦什么都没说，闭紧嘴巴，
绕着园子转了三圈儿。意思是
你不乐意也只能不乐意三次，
否则我们就不惯着你了——
这是麻雀翻译的，喜鹊并不同意
这种意译方式，当然也没有
对有人的不乐意表示赞许。
雪们好像什么都没听见，
还是占据着花园，向过路群众
解释事实的重要性，间或还怂恿
发黄的草叶从雪堆里钻出来，
仿佛一面长着獠牙的
挑衅的旗子。

消毒的风景诗

其实是单纯的风景诗，
有风，有雪，还有在雪地里
撒野的孩子。当然这都是
回忆。现在的雪地上空无一人，

只有随风旋转的金属椅子，
还有一把被谁丢在雪窝里的口琴，
风吹着它的时候，只有单调的一个音，
其他的音暂时休息，除非
风向改变，除非我把它
捡起来，变换着角度旋转。
在雪中旋转，并不包括树，
它原地甩着乱枝，原地
扒拉着纤细或者奸细的空气。
本来水泥是组织舞会的，
现在反而管起了梦境
与反梦境管理局。

雪中的忏悔亭

雪厚如梦境，
忏悔亭一直都在失眠。
附近的石头更像
现实代言人。忏悔亭
是牧羊人吗？把问句一直
写下去吧，不足的部分
全都交由圣母安息教堂，
交由门口的钟楼。
谁能认出二十米高的大树
就是夏天的暴马丁香？
白色的花朵全都让位给
枝杈间打盹的雪团。
也幸亏冬天，否则忏悔亭
全部隐匿在绿荫之中。
谁也看不见坚硬的石柱，
也看不见石面上雕刻的植物，
麦穗或者其他。那些看过

它们的人在哪儿？藏在
地底的人在哪儿？
你们值得十五部长篇小说，
一首抒情诗。你叫什么？
空中一个声音传来——
友谊从今天开始。从
一列绿皮火车。

泥坑

有多深呢？
不知道，反正在里面
有些日子了。四壁越来越硬，
好像不仅是冰冻的，
还有合金，而且仿佛种子
正在成长。一直没有光亮，
可是为什么这几天能看见东西了？
或许只是一种错觉，而且
不仅能看见壁上的白霜，峰峦一样起伏的冰碴儿，
还有自己脸上的胡须，眼睛下面
仿佛水墨一样正在扩张的
黑晕。时间没有终止，
也没有提供新的形式，脚底的
软泥，只是为了向我证明
更深的下面有水吗？
离岩浆又有多远呢？
自言自语也是有纪律的，烙印
直接打在基因的落款旁边，还有六年，
再忍忍，再忍忍？
再忍忍。也许这个坑不会变浅，
也不会消逝，当然
它还可能向更深处发展。

我不必假装蔑视它，
也不必像一个跳台滑雪选手，
在空中惦记着落地动作的平稳性，
我只要活着，不冲动，
不寻死，微笑着活着，
像一只真正的耗子。

阳光

把阳光从里到外
折腾一遍，露出里面
粉红与灰黑相间的老褶子，
揉吧揉吧揉吧揉吧
全都放在单筒洗衣机里，看看它们
都能产生什么玩意儿。
猫毛在新运动风格的
壁画之上飞舞，模拟着
一架滑翔机，我们，
还有弟弟一家沉浸在五十K之中，
它的快乐总是那么天真，
把吐槽挤到洗碗机的
视野之外。更多的开放性
体现在窗户而不是
电视机（以前它也算一个），
或者按照台历的提示过日子，
想念一个人或者抱怨
一棵杨树，怎么夭折了一片
绿色的叶子，又是怎么在某一侧面
挤出一只孤独的眼？它紧盯着
一段艳遇。他们之中的某一个，
拿着新鲜的狗尾巴花儿，
把冬天硬挤兑成一位

一本正经的疯子！

凛冬译事

把金鱼的吧嗒嘴
译成春天的风，反而让
基督山伯爵不高兴了。
他把一把长剑译成
橡皮泥堵住键盘的
凸起字符，并且号召
异鬼们脱去山羊毛外套，
露出灯台的真身。
一望无际的灯台在等待
被谁谁译成旷野
而不是荒原。是谁
看错了行？是谁看错了
语法？一个检讨者
把名词置于动词的宝座，
真的能改朝换代？
那漫天的雪呢？非要
庸俗地把它译成省略号？
删节号想得太多了，
反而让冷霜兄难过起来，
他把安慰直译成红包，
我则把可意会不可言传
偏偏意译成不动产，
或者遗产。它蒸蒸日上，
与水蒸气肩并肩。

两部机器

两部机器，

而不是三部，可能是随机的，
如同骰子转动出现的
横截面，也可能是必然的，
如同春天后面尾随着夏天。
一部机器后面一定
尾随着另外一部，但是
一部机器在天上飞，一部机器
在地上走。走得潦草，
飞得不踏实。谁尾随谁？
并不取决于速度，而是
被安排的任务，如同河流的
任务并非只有灌溉，
如同沼泽的任务并非只有
设置猎杀野兔子的陷阱。
还有那么多美好的
憧憬和幻想，如同
关于纯诗的与幻想诗的憧憬，
如同关于食物以及气球的幻想。
乡下少年望着气球如同
望着空中的一部机器。
它的方脑袋多么憨厚，它的硬腿
多么善良。草叶滴着露水，
歌唱家跳着吉格舞，
月光下的侧面，还有两部
神秘的机器，在天上飞，
在地上慢悠悠地走。

岩石

生命又有什么意义？
什么都没有。那么现在终止又会如何呢？
没有遗憾，那些从来没有过的都不是遗憾，

无论舌头的自由还是心灵的自由。没有就是没有，
难道指望其中发生所谓的奇迹？
难道指望自己能够骗得过自己？
我已经准备好了，随时随地向人世告别；
我已经准备好了，即使我仍旧
能做自己认为值得一做的事情，但是这些
绝对不会妨碍结束的干脆，因为
没有什么是一个人能够控制的，
尤其类似生命这样玄奥的内容。
健康的态度只可能是做好准备，只可能是
做着做着就会离开，而且不是在一个想象出来的时间点上。
那个点是虚幻而不真实的，只有随时随地
才是真实的，所以我才必须理解
置之死地而后生的真实涵义，必须理解
每一天的重要性，每时每刻的珍稀性。
那么就认真而自由地对待此时此刻吧，
仿佛薛定谔先生的猫，它正在绝望地死去，
同时它也堂堂正正地活着。

点评者

还有什么好说的？
换种角度，与事情相关的阐释
就会发生变化，且不说照射过来的光影
是如何随着时间以及角度变化的，
包括各种传闻以及对传闻的
加工或者改编甚至评论——
我顶多算是一个蜻蜓点水的点评者，
只不过水在哪里？必须先问，
而且要有充足的材料证明它是水而不是冰，
不是坚硬的如同铁块一样的固体，
而且你更要证明你是什么类型的蜻蜓，

你的翅膀究竟是塑料的还是合金的？
有人举报你的翅膀是报纸糊的，根本经不起
台风的考验甚至经不起三级南风的测试。
轻轻一个小手指头就能使你
露出破绽，露出你竭力掩护的弱点，
何况你的汽车早已将你出卖给道理。
什么？你竟然还有疑问？
就是道理不是道路，道路懂什么道理？
道路懂什么前途或者未来的含义？
你的汽车就是一个穿着金甲圣衣的小人，
在你和路由器甜言蜜语的时候向你发出致命一击，
汇报或者以柱状图表或者视频形式向他们显示
你的缝隙究竟是从哪一个雪天开始的，
又是在哪一个雪天发扬光大的。
修理工揉着沾满油污的抹布擦着瓷器，
擦着越来越亮的金漆。

个人总结

冷了就加衣服，
或者待在温暖的房屋之中，
热咖啡捧在手里，
再欣赏它精细的波纹。

任何情况
都能找到快乐，
两个人见面就笑，
一个人就去看书。

计划可以制订，
享乐是它唯一的核心。
打游戏兼事看电影，

幻觉才是人生的主要内容。

想想医院的临终病房，
再想想那些辞世的亲戚，
每一天都是赚来的，
不必费心于升职。

想吃什么就吃什么，
或者只是安静地躺着，
脑子里要么是虚无的音乐，
要么是存在的独舞。

回忆越来越模糊，
小心提防痛苦的呵护。
肉体的麻烦尽可以托付给
值得信赖的药物。

有时也学着演戏，
但是必须在心中安面铜锣。
该敲响就得敲响，
回到正常的人群之中。

布局

世事比菜园子的布局
要复杂得多无趣得多，否则齐心村
也就没有这么齐心地把童年谈话视为
一种创造性工作，更别提已经开花的水萝卜
或者正在趋于末路的番茄与老黄瓜。
小树林的蚊子比蒸发的草蘑
更懂得如何吸引那些向往田园生活的城里人，
乡村餐馆的家养小苍蝇多想与你们这些

新来的访客亲近啊，但你们嫌弃的温泉般的眼神
全被迪斯科风格的罗大佑或者罗大佐
提前拦截了，还提什么李子上面的虫子眼儿
或者湿地芦苇深处泛着浑浊气息的腥味儿。
回程窗外右上方的金星缓慢移动着，
仿佛一架探头探脑的北美航班，
为你捎来惊人的消息。

一群人

一群人横穿马路——
当他们快速而有声地横穿，
你的注意力就会停在交通规则与
道德关系的论证方面，而当他们极度
缓慢而且无声地横穿马路，而且
正值午夜的时候，你还以为他们会是
什么？如果你有七只手，我相信
你的每一只手都会在汹涌而不安的
海面上画上一个大大的问号。
电梯服务员能告诉你哪位房客有
狐臭，但她却不知道谁的公文包里
放着他们几个人的照片，还有
小半瓶显影液。头发上挂着
桂花的花粉。雨是真正的破坏者
与掩护者，所以它也就和
私家侦探一样不受欢迎。你的黑汽车
停在斑马线后面，看着他们
缓慢而无声地从你的车前
手牵手走过。

哈姆雷特和麦克白

英国的哈姆雷特，俄罗斯的麦克白，
小眼睛王子和大肚子潜主，分别与自己的命运掰手腕，
对面是谁，是亡魂还是虚无的幻影？
楼梯是向下的，煤堆是向上的，而光从哪里来？
上面的光，侧面的光，
死本来非常远，谁想伴疯的后面
就是真疯和宁静的邀请函。
奥菲丽亚的照相机，麦克白夫人的酒瓶，
没有一个导演讨论她的手……
那些赤裸的长发及地的女人又是谁？
我在文身方面素有研究，而金属管呢？
疑问并非哈姆雷特一个人发出的，他妈的现任丈夫
也在质问自己的灵魂。灯光渐暗，
对众人诉说的心里之语；从音箱里传出来的
而不是从嘴里传出来的关于罪恶的议论。
究竟省略了什么？是溪边的柳树，
还是被视作血浆的水桶之水？
制服和锯齿状的王帽，如同伶人，
拉着没有意义的手风琴，而喧哗的咳嗽，
骚动的振动手机，只是旅程之中的两块抹布，
没人会把它们当作战争进行之中的红旗，
当成面对骷髅头而想象的人生前戏。
复仇与谋杀，友谊与屈从，全都是台词机反复播放的
电贝斯制造的噪音，而鼓声反而是
严肃的。花园小学的学生嗤嗤笑着，
为突然变异的台风和某句听起来滑稽的
呓语。某些观众正在退场，
去撵松花江边的威风追赶的冷风。

轻喜剧

积雪对无耻的批判
肯定超过降雪——
喜鹊的叫声是有波纹的，
而且凸起，沿着
积雪起笔的方向。

胡扯发展到镜子之中，
反而让镜子的雀斑
都不能忍受椅子主人或者
其他摇摇晃晃的悬崖，
或者狂风之集会。

只想逃遁——
逃遁到地缝之中喝可乐，
或者沉溺于手机的沼泽地中。
真正地负责，或者
为无聊负责。

或者向无聊敬礼。
为无辜的梦境和反映着
人脸的地板砖。
居然和他们同时代？
愤怒迁怒于羞愧。

积雪结实，冒充
酸甜口味的日常生活。
每一次走过场都会把垃圾
强行塞进你头脑的
垃圾场中。

垃圾化比不得沙漠化。
比不得群体之谎。
积雪肯定是熬不过五年的,
何况从楼顶上面
飘起来的石头?

谈谈咖啡的问题

首先我们要笑,然后再谈谈
咖啡的问题。我们并不主张
向咖啡献媚,当然也用不着举报
红酒是潜伏于冷餐会的卧底,我们也不会说
它穿着红色外套,而内心却是粉白色的,
我们不过是专注于咖啡和舌头的短暂姻缘,
且不论什么样的咖啡,如同各种各样的美人,
眼睛大或者眼睛小,嘴唇厚或者嘴唇薄。
我们只是关心咖啡存在的这一刻,
我们没有多余的手去干别的,更没有
多余的心思去干别的,无论是砌墙还是害人,
都没有时间。是我们邀请咖啡成为世界的中心,
是我们赋予咖啡以八卦或者历史的使命,
比如拯救我们上升的肉体与堕落的灵魂,让它们的表皮
也染上咖啡色的余晖,仿佛它把我们期盼的
世界正式还给我们,把咖啡匙还给咖啡杯,
把方糖还给牛奶甚至奶牛。野兔的意见,
就假装看不见吧,更何况它蹦跶不了多久。
别让它干扰我们的好事,别让它坏了我们
一厢情愿的对咖啡的衷情,所有人早晚都会摆脱
窒息的火炉或者咖啡壶,飞到花楸树上,
再弹一下,飞向存在之顶。

狠角色

看谁能活下去？
凶狠的角色就是在盆景里
爬来爬去的观赏龟。

而更狠的又在哪儿？
看见了河水也看见了江水，
看见了海水也看见了无。

没人演得像，
无论你的眉毛还是法令纹，
无论你的胖与黑。

红与黑的阴面，
鸿与鹤的荫面，
又有什么区别？

太阳和暴雨
对应着什么样的人物关系？
导演挠编剧头。

单一面具更利于事业，
热咖啡在冬天的价值肯定超过
自鸣得意的暖气。

活下去的暮色
看上去比有使用期限的墓地
更狠

狠角色的声腔
也许是微弱的，也许是没有逻辑重音的，

也许是小角色。

吃瓜甲或者吃瓜乙，
沿着边幕，打着背景彩旗，
吼两声或者唱一句。

梦境

如果梦中发生的事情都是真的，
那么足以说明他的生活多么混乱，
而且非常不合逻辑，非常难以理解——
它们怎么可能都是真的？她又怎么可能和他
坐在同一木椅之上，并且温柔地握住他的一只假手？
为什么转眼之间她又变成另外一个人？
面貌似乎和原先的那个人比较相似，但是手上的动作
却明显粗鲁多了——她用尖利的指甲抠他的皮肉，
用整张尖利的嘴巴死死咬住他的下嘴唇——
突然战争爆发，肉屑与肉块四处乱飞，
只不过都是黑白两色，仿佛旧式照相馆里的眼镜师傅
忘记了给照片涂色——他怎么又突然出现在旅馆走廊之中？
一切都是安安静静的，没有任何人出现，
他甚至也看不见自己的脚，听不见自己的呼吸声。
壁灯因为电压不稳而不安地闪烁，
神秘的滴水声越来越近，仿佛一艘即将高速抵达此处的
观光快艇，但是并没有出现什么风浪的波纹
向他提醒观光快艇即将出现的方向——
暧昧也是忽然出现的，他甚至更忽然地出现在
她崎岖的身体之中——难道这不是旅馆走廊的邪恶翻版？
难道这不是在平行空间的梦境之中？她又是谁呢？
她的面貌又在发生变化，开始是眉毛，后来是牙齿
以及面部正在分崩离析的肌肉，那么对面镜中出现的为什么
只是一块不规则的石头？电话铃声突然响起——

是现实之中的手机模拟的电话铃声突然响起——
他终于醒过来，发现自己的身体仍旧处在
一个更加陌生的梦境之中。

现实试验

从这个礼拜一开始，不再写
或描绘与现实有关的各种烦心事物，
哪怕斜对面的某个敌人戴着朋友的面具
或帽子，哪怕她的微笑也是迷死人级别的，
你都不会再写或描绘与现实有关的
鼻毛或腋毛，或其他与丛生类植物
关联的各种烦心东西。写作的重心向卧室
或旅馆的硬棕床榻转移，它的色泽
与走廊壁灯比较匹配，模模糊糊的，
看不清毛孔的粗糙质地或皮肤的归属类型，
那就向扎马斯学　一不知是谁在夜色中
嘟哝——向啤酒和威士忌学——
学它们的超脱和迷惑，学它们
惊险的旅行，从一个心灵之城到另一个
心灵之野——谁又能分清这种快乐来源的
合法性与非法性呢？不要轻易
试验人性的终点线和封锁线，更不要
轻易把自己的良心肉架在旷野的火堆上面，
听它们滋润的吱啦声。从这个礼拜二开始，
不再写思考的过程或醉酒的过程，
而是一心一意描绘绣花枕头，
一心一意拥抱被愁雨淋湿的
小块头儿的石头。

在缝隙里

在缝隙里存在。
是的，就是缝隙，不管他们留下的，
还是自己钻出来的。他们——
哪有什么好心？我们必须存在，
必须而且坚决地以主流的大风天
对抗非主流的和风细雨。
潮湿的懒洋洋的变化与不变化，
又怎能抵抗住风尘气？
洋铁皮糊的坦克不试试它又怎么知道
它比酥鲫鱼结实——
俏丽的酥鲫鱼，你是铁锅的
奇葩爱人，是缝隙的怀疑者和提问者，
你怀疑其中哪一部分，
铁皮还是森林？

中年找书

中年找书，
犹如午夜找猫，
她在树荫里轻叫，
但却看不见面容。

循声而去，
不是波拉尼奥的《2666》，
而是埃科的《波多里诺》。
鲫鱼不是鲤鱼。

灰尘吸引剩余的注意力，
而后是吸尘器，
是机器人罗氏兄弟，

矮胖样子多滑稽。

上午就这么消逝，
然后戏剧话题出现在
脑门的屏幕之上——
殉道者，你在找什么？

隔壁忽然跳出一本书，
仿佛满脸污泥的姑娘——
我是辛波尔丝卡，你找我吗？
去年找过，在黑暗的雨夜。

书终究强过人，
失踪不过是隐藏，而人……
戴着裂纹近视镜，
背着曼杰施塔姆的诗句。

声声慢

与沉默联盟
并不需要缔结，几乎是天然的。
几乎是意味着并不是。

绝对安静是可怕的
耳鼓的嗡嗡声，甚至强于
摩擦玻璃的吱吱声。

越来越敏感的
海豚正在模仿某棵杨树
沉甸甸的浓荫。

积雪咔哧咔哧

磨吮光秃秃的牙齿。
围栏不寒而栗。

拉动枪栓的人，
拉拽手雷金属环的人，
比较着哲学。

怎么阻止天亮？
忙碌的何止是窗帘，甚至还有
栅栏眼科医生。

嘶嘶滑行的蜥蜴，
都是由龙扮演的，集体微笑着，
那么动听。

寒山

哆嗦的反应
就是发动机的反应，
加热而且颓丧——
消耗限度是粉面杀手
无法控制的。
神出鬼没的家伙
从来不是烟雾，而是
冷会议的冷绝顶。
从寒山下来或者
攀登，恰为鲤鱼树立
灰心的榜样。
谈论异常年份，
谈论如何降雪或者
寒冷的程度——
名词解释的嫩肩

根本扛不住他们
雪弹的轰炸——
辞职信是乌鸦
代笔的，她的文笔
避重就轻——
刑罚或者在操场上
搬铁。

鲤鱼在线

突然而生的乐趣——
来自下午突然发现的
修仙鲤鱼。你没听错，
是鲤鱼。不是没有尾鳍的
李煜，更不是没有侧目的
李渔。他们要么在和
私家戏班排练，要么躲在
宫城花园里写诗——
鲤鱼究竟怎么样修仙？
礼遇造就？俚语写成？
你不能拿这问题询问
鹰隼号飞船，更不能询问
鹦鹉螺号潜艇。是的，
你只能问我，刚从睡梦中
走出来的门槛。我相信
你是首次听闻，我呢，
仅仅是兴之所至——
仙法的边缘或许就是
鱼塘的边缘或许就是
这条从源头走至尽头的
喷泉——我非常遗憾地
告诉你或者正在阅读

此诗的读者，我必须开会，
并因开会而不得不终止
此诗的书写。不幸中的
万幸是，你们期待的
仍会出现，那时——
鲤鱼如果想保存鱼鳞或腮
则必须仰仗你们能否保持
怜悯之心。Ade——
我的鲤鱼；Ade——
我的覆盖脸盆的孩子。

在异质话语的肌理之中

——读桑克的诗

/ 纳兰

对桑克的了解十分有限，只知道他身处偏远的东北，是拉金的译者，零零星星读过他的诗歌作品，仅此而已。这次，通过对他的诗歌较为细致而全面的阅读，对他的作品多了些理性的认识。

青年诗人袁永苹曾在《我读桑克：延续·开掘·探索》一文中坦言："事实上，时至今日，我对于桑克诗歌的把握，应该说近乎无能为力。甚至，叮以说，找长期居于一个普通读者的身份和眼界。当然，对于他诗歌的整体评价，也不是诸如我一般的小字辈能够草率给出的。"对我来说，永苹对他诗歌的"近乎无能为力"的把握，亦是我此刻的写照。桑克属于前辈诗人，也属于"强力诗人"。这种"强力"是指持续的创造力和言说的原始欲望，持续的在场，持续的使用词语的炼金术，提纯语言，提炼语言的黄金。诗人胡续冬曾称桑克是"以浑身上下散发着的湿漉漉气息，用一种特殊的方式给大家防治我们内心的荒漠化"，或者可以说，桑克是一位关注心性品质和核心智识层面的心理分析师般的"技术主义者"，他曾经有过诸如"天真抒情"或者"箴言体"的标签，亦有"走钢丝艺人"的自况。桑克诗歌语言的承载力和杂食性渐次增强，内力更加精纯，手法上也开始多元了。他拥有多元文化素养和文学能力，这些都是诗人诗歌创作的内在驱动力。袁永苹说："桑克拥有一种能够将周围环境所有的遭际悉数转化为诗歌的能力和将生活中软的和硬的东西都能写成诗歌的能力。"在永苹所说的两种诗歌能力之外，还需要加入"在异国诗的肌理之中发现继续写下去的新动机"的能力，在同质化和模式化的陈腐语言模式里，获取异质性、有活性的语言。"异国诗的肌理之中"有异质性的活性元素，"异国诗"能够激发自身产生一种与之对抗的核心抗体。

可以说，翻译既是他写下去的"新动机"，又是他拯救腐败语言的救赎策略。具体而言，就是他拥有处理复杂现实世界和探索内心世界的能力，也就是希尼所说的"用内心的风暴来抵抗外界的风暴"的能力，桑克的诗歌能力或"把握平衡的手艺"，造成了"不同调，所有的乐器争相弹唱"（刘翔语），即词语碰撞出思想的火花的效果。在《凛冬译事》诗中，是用诗的形式来论述翻译，这首诗有着语言的律动之美，在词语的转换中，体现的是诗人的意识、感知和经验的流动。如"把金鱼的吧嗒嘴／译成春天的风""把长剑译成／橡皮泥堵住键盘的／凸起字符"，显而易见，"金鱼的吧嗒嘴"和"春天的风"、"长剑"与"凸起字符"之间有种语言间的不对等与不可交换性，但是作为一种"译事"，在一首诗中出现，似乎有种不合理、不合逻辑、不合常规的感觉，这种感觉却也带来了阅读上的快感。因为它反常，与翻译要对等的常识相悖，形成了怪异的张力，所以有种打破常规的欣快感。诗人在打破语法规则之中又发出一种诘问："一个检讨者／把名词置于动词的宝座，／真的能改朝换代？"似乎改变语言与改变世界之间，真有某种说不清道不明的关联。在"漫天的雪"变成"省略号"的翻译行为里，暗含着的是对具有摧毁感受力的符号化的反思与批评。作者在诗的结尾中写出了自己的翻译理念，"我则把可意会不可言传／偏偏意译成不动产，／或者遗产。它蒸蒸日上，／与水蒸气肩并肩"。他在"可意会不可言传"与"不动产"之间建立了关联，一种诗的修辞与意义实践被转化成了"不动产"所指代的物质财富，意义被衡量为具有"感性质量"的价值，这是一种不符合等价交换而符合波德里亚"象征交换"法则的翻译观。在"它蒸蒸日上，／与水蒸气肩并肩"的表达里，也类似于"为最初诞生的感到懊丧，并且向上蒸发"（《惑的十四行》），这是一种渴望获得飞升和轻盈的朴素愿望。而"可意会不可言传"又转化为了可见的轻盈的"蒸气"，语言在翻译中获得解放。

读桑克的诗，发现他对语言律动力量的操作极为娴熟，能建构有约束力的意义结构。他能够从一个词生发开来，进行意义的发酵与切换，诗的多义性不是通过修辞和能指的发掘来实现的，而是通过角度的变换。比如"凉爽是一个笑柄，／你握着，摇着，旋转出更多的凉来"（《夏天》），从一种"凉爽"感觉出发，一种感觉被他表述为"笑柄"，而"笑柄"依然是一种抽象之物，它从"笑柄"之柄再次出发，延伸至能握能摇的"柄"，继而达到"旋转出更多的凉来"，凉爽经过他的魔力之手，让这种感觉得到了强化。在《事实的重要性》的诗中，渐次出现的是雪、花园、乌鸦、麻雀、喜鹊、发黄的草叶等意象，仅仅是几个彼此毫无关联的意象，并不构成能量张力，但被桑克用一根思之线巧妙地贯串了起来。对"乌鹊南飞，绕树三匝"的古典诗句进行颠覆与解构，形成了个人化的诗句，即"乌鸦什么都没说，闭紧嘴巴，/绕着园子转了三圈儿"，并进一步对"转了三圈儿"进行诗性的阐释，"意思是你不乐意也只能不乐意三次"，从三圈儿到不乐意三次，乌鸦的能指的范围被扩大化了。诗人将这种意义的生发定义为"麻雀式的意译"。诗的题目为"事实的重要性"，事实就是开头那句："雪们占领了花园。"另一个事实是"发黄的草叶从雪堆里钻出来"，尽管诗人用了一个比喻，"仿佛一面长着獠牙的/挑衅的旗子"，却依然不能对雪占领花园的事实构成挑战。或许，读桑克的诗，跟随他跳跃性的词语，来体验意识的流动。你被他的思维带着走，带着一种未知和不确定性，抵达一种内心的纵深之处。

他的诗歌发出的是一种经过智识引导的创新性幻想、语言的律动力量的操作和一种创造晚期风格的意识的"不谐和"的乐音。诗是一种"刀刃上的旅行"（《走钢丝艺人》），而非"被人/骑来骑去的自行车轮胎"（《中老年人也能笑看一切》）。《中老年人也能笑看一切》（2020），此诗值得特别注意，这首诗使我想起了拉金的《盛年》。拉金表达的是"一种停滞的感觉"和"一种向后的牵引"，如果说拉金的是"抽象诗歌"，那么桑克说的"我们被工作的癞蛤蟆欺负"，既是一种隐喻与现实相连通的"感性非现实"，变异的现实材料具有感性质量。他使我们相信世界的现实性存在于语言之中。耿占春在《在语义畸变中求索意义秩序》中说，诗歌写作既敞开经验，又在经验上加密或加盖封印，以便让得到清晰表达的部分与语境的晦暗联系起来，也让懂得解读的人体味到某种特殊的快慰。读桑克的诗，就有"在经验上加密"的诗中解密的"特殊的快慰"。"当你写不下去的时候就去翻译，/在异国诗的肌理之中发现继续写下去的新动机；当你活不下去的时候就想想/蹲在潮湿战壕里的父亲！"（《中老年人也能笑看一切》）读到诗之末尾，我们似乎可以得出这样的结论：写下去和活下去，是桑克诗歌写作的不变的主题。

《诗人怎样生活》一诗，也依旧是思索"活下去"的主题。进入这首诗，需要"溯游从之"，因为这首诗写于三十年前，即1989年12月31日。《中老年人也能笑看一切》和《诗人怎样生活》，这两首诗之间隔着三十年的光阴，时间虽汩汩流逝，但更能说明桑克对一些命题的一以贯之的思索。在三十年前，诗人说："找到自己，阳光和土地"，他既非是希尼般的"认识自己，使黑暗发出回声"，亦非福柯"关注自己"般的强调一种自我技术，他说的是"找到自己"。在短短的九个字的诗句里，就唤醒了麻木的心灵，人之所需，也就是在哲学上解决思之困境，在社会学上有立足的"土地"，在诗学上有"阳光"来驱散一种"黑暗的想象力"。而且，他的阳光是有层次的，"阳光有着三色蛋糕一样的层次"（《我年幼的时候是个杰出的孩子》）。"'黑暗'一词在桑克身上，成为人得以更好地理解世事与人性的中介物，成为一种特殊的'消化'能力。"（茱萸《诗人桑克的"四个四重奏"——时间、地理、思想光谱与修辞术》）从桑克的《为拉金诞辰80周年而作》（2002）中："被你的魅力迷住，你这／光荣的光棍汉。／继而伤心，因你的黑暗，／不能见容于我的黑暗。／我心比你大，但你更富于细节。"一种彼此不能见容的黑暗，更彰显差异。《诗人怎样生活》记录了一种"和街角穿蓝色羽绒制服的女孩／同时大笑"的美好，在《美好的诗》中，诗人直接用一首诗来论述美好。这首"美好的诗"的模样是怎样的？桑克进行了详述，它既有异域性，"如同埃利蒂斯的希腊与阳光涂抹的黄金海岸"，又有自然主义的植物性的特征来对抗工业化的机器和劳作所带来对人的异化，"佛手柑与薰衣草的气味儿联合掩护的铁器与冷冰冰的眼神"；而这首美好之诗中，却也并非都是美好之词，也有"构陷之辞"；在"我的工作就是注视，注视你单纯的红色存在，／我的工作就是注释，注释你单纯的红色存在之外的红色梦魇"的诗句中，通过注视和注释两个同音而不同义的词语里，从存在到存在之外的红色梦魇里，诗人所关注的视角和领域，已经转入了潜意识的领域。通过诗人"我们的炭火相互烘烤相互愉悦，在梦中相见"的诗句，使我们洞悉，所谓"美好的诗"，在于一种内心的满足，这种喜悦和满足是通过对力比多的升华来实现的，而非社会伦理和历史秩序对欲望的压制。

除思考"诗人怎样生活"之外，桑克还关注内心，诗写行为类似于病患者对所信任医师的一种病情的"交代"，比如"将内心隐藏的企图全都交代在／白底红色横杠的纸上，色彩丰富／而且深入灵魂的每一张抽屉的／每一个夹层"（《正在下的小雪》）。"在我心中有一片雪野一样广阔的猜测"（《诗人怎样生活》），"在我们暮年大雪纷飞的时日我们阅读古老的诗句／我们的心灵该是怎样地枝繁叶茂"（《保持那颗敏感而沉郁的心灵》）。我注意到他在诗中写到"苍白的节日"和"苍白的生命"，然而，他写这首诗的年龄也才二十多岁，为何就有种"世事沧桑话鸣鸟"的宁静之感呢？"我们自然也不是那些给一两块鲜艳糖果／就能改变信仰的幼儿"，读到这句诗的时候，怦然心动，这描述的是一个事实，把"糖果"所隐喻的诱惑，与"信仰"所代表的持守，并置在一处，有种警醒的效果。在 1990 年代，桑克就说："那株北方墨绿的柏树／正是我们这些苍白的生命效仿的榜样"，到现在，他自己已然成为一株有着枝繁叶茂的心灵，并值得被效仿与肯定的"墨绿的柏树"。桑克的《龙卷风之内》，既是写实，也是写虚，就是更加侧重于一种心灵活动的描摹。诸如"外部之惨烈可以推测，／奶牛，房屋，拖拉机，／撕扯，分离，在半空中飘浮"，这是写实的部分，而"推测"一词，又把这种写实的部分的可信度降低了。他就像"瞪着眼珠拍摄"的观察者，既有对实物的记录，也有对心灵律动的刻画，如"而我一旦睁眼或者闭眼，／我就在旋转，围绕着一个／虚无的核心"。读到这句诗，我想到了里尔克的《豹》："强韧的脚步迈着柔软的步容，／步容在这极小的圈中旋转，／仿佛力之舞围绕着一个中心，／在中心一个伟大的意志昏眩。"桑克，作为一个在异质性话语的肌理中获取写作新动机的诗人，也难免留下若隐若现的异国诗的印记，这种诗写相似的巧合，可以理解为具有一致性神思的瞬间。桑克既在龙卷风之内，也在龙卷风之外，也可以说，这阵龙卷风是从他的笔端呼啸而起，又被框定于诗之内。

桑克身兼诗人、译者和批评家三重身份。《诗人怎样生活》《凛冬译事》《点评者》三首诗分别对应着他对诗歌写作、翻译和批评三种写作方式的思考。而他的《点评者》一诗，也有他对批评文体的独到见解。他自谦说"我顶多算是一个蜻蜓点水的点评者"，在对"蜻蜓点水"一词的解构与建构中，他淋漓尽致地表达了自己的批评观。批评是一种阐释行为，他认为角度的变化带来阐释的变化。批评的主体是"蜻蜓"，批评对象是"水"，批评之道是"点"，蜻蜓和水，构成了一对彼此关涉的对象。从"要有充足的材料证明它是水而不是冰／不是坚硬的如同铁块一样的固体""而且你更要证明你是什么类型的蜻蜓，／你的翅膀究竟是塑料的还是合金的？"的诗中，我们发现他的批评观不是一种单向度的行为，而是充满了辩证思维，他关注文本之水，也反思作为批评家的"蜻蜓"，蜻蜓和水都要具有一种存在的合理性，然后才能使"点"具有合法性。读到桑克的"就是道理不是道路，道路懂什么道理？／道路懂什么前途或者未来的含义？"诗句，我想到了文学批评家耿占春在《世界荒诞如诗》中的思考："我又开始写诗／在无话可说的时候，在道路／像逻辑一样终结的时候／在可说的道理变成废话的时候"，他们都是对"非常道"的思考，前者认为道非道，后者认为道即废话，道和理貌合神离，道和理互不通达，也意味着批评文本和诗歌文本的"貌合神离"，彼此无涉。在读到桑克的"修理工揉着沾满油污的抹布擦着瓷器，／擦着越来越亮的金漆"这句诗时，我意识到，我对桑克诗歌的解读，就类似于"修理工揉着沾满油污的抹布擦着瓷器"的行为，是一种越描越黑的反作用力和"有意义的徒劳"。即便有些显得不自量力，却也无损他诗歌的瓷器一般的质地和光泽。

2021.11.30

影白诗稿

/ 影白

　　影白，原名王文昌，1977 年秋生于云南昭通。参加《诗刊》社第三十届青春诗会，第三十一届鲁迅文学院高研班学员。著有诗集《红尘记》。

遗物，或致卡夫卡

破败的蛛网上挂着
一场夜雨的遗物——
几滴固执不愿落下的水珠，
放大着这深秋
空前盛大的世界。

从拂晓的二楼上至
薄暮的四楼，我目睹了
这场索然无味
大合唱般喧嚣的夜雨。

喂，是抱臂而立的
旁观者吗？
——灯影幢幢，我
看不清这夜雨归途中的自己。

喂，是水珠里固执地爱着
虚空的无知者吗？
——雨霁之后，我
默默地修补着破败的蛛网，

阳光炽热，炙烤着我
如冰河时代的这一日。

万古愁

有人喝粥果腹一生
不知其味
不知苏格拉底饮鸩一死。
而我面前也摆着一碗

唯有理性之舌
才尝得出淡淡米香的白粥。

一张白纸的中年

步入中年的我，
忽然就写到了这里：
父亲遗留下的一件棕黑色毛衣，
仍旧穿在我身，
面对一张白纸它能做什么？

此时静坐书房的我，
面对巴别塔下，
悄悄运来的词和
陨石般掷地有声的词，
这张白纸能做什么？

我笔尖盛开的
一丛丛野雏菊，
面对生活中驶来的推土机，
这张白纸能做什么？

步入中年的我，
面对这首疑问重重又
豁然开朗的诗，
这张白纸能做什么？

——沉沉暮色令我明亮的
书房变暗如潘多拉的盒子。
而我静守这张
月光般的白纸
不提笔，不着一字。

一个藏匿于花香中的读者

一只蝴蝶飞落在
我左肩头，
它会不会也飞落在读者的身上？

我知道，词的花香
永不会消散。

我见过读者
令他们内心一颤的蝴蝶。
那些，千锤百炼而镌刻下的
词的蝴蝶。
当然，也见过那些在
他们眼前一晃而过的
词的蝴蝶。

很多时候，我不知道自己
也是一个隐匿于花香中的读者。

我浑身种满
词的玫瑰。
很多时候，读者所见的不过是，
我摩斯密码一样的刺。

词的花香永不会消散。
我是我若即若离的
读者，在时间的玫瑰花
于我身上连根拔起之前——

己亥初冬某日游记

正午时分诗人王单单
相约去附近一座高山，
鸟瞰一下这身居其中的弹丸之地。
酷似闻一多的司机，
驱车载我们
从宁边村逶迤而行至山顶。

风大吹着天蓝如海，
群山如浪。
放眼望去我只识得一朵闪烁
浪花——北闸水库。
再远不过就是海拔
三千一百二十米的海平面上，
一只蜜蜂在
我脚下的野花蕊上吮蜜。

匆匆而来的我们登顶了吗？
我随手拾了一块
山路旁的青石——
你好！二十年前耗时
六小时徒步登顶的另一个我。

璀璨之诗

肥大枇杷叶上，
雪覆盖着雪。
斑驳的绿在雪中
融化成雪。有些意外，
雪所期待的一切
并未发生——

夜晚如期而至，
我头顶的星空依旧
千年一瞬般璀璨如初。

近无十四行

寒意近无。
市声近无。
人世之光近无。
这冬日，漫长而近无的
寂静还在——
太早了，
史前星空还在，
北斗七星倒悬——
我兀自早起，
兀自伫立楼顶，
兀自在这地球公转与
自转的间隙，
摸黑捉笔，
写这首温暖近无的诗。

酒中诗

那日有人拎酒来看我。
我看此人眼里
葡萄浑圆，
披着法国古典月色。

现在想想书房也是
一提可拎的醒酒器。

我们酒中醒来面对

诗的四壁，
苦涩自知。

他言及近来
常常摸不到词的门环，
而文本形式上的
退路又令他
常常踏空。

那日，我醉于
喻体恣意而生的延伸性。
醒来，本体的醒来
仅仅只需
一条清霜匝地之路？
一轮晓月孤悬于
两者之间，
我欣然于路上。

云泥之间

昨日，楼顶风大
如荒野。
我书房如置于万千浮云的
淤泥之中。
昨日，在云泥之间，
我相信理性的事物
如绝迹鸟鸣
来自那些迫于缄默的书中。

直觉之诗

是什么风把我吹来

湖边一坐？

橘黄色冬装的清洁工
扫着环湖路上春天的落叶。

粼粼波光的湖面上，
我的直觉告诉我：
它们是和而不同的一群野鸭。

一头扎入湖水中的
那几只——
我屏息数着它们在
我体内的心跳。
因我注视而恐惧惊飞的
那几只——
有时，善意并非善意
我并非我——
我越反对
自己，就越接近另一个我，
接近令它们惊惧的
那一个我。

有时，我属于这一群中，
呆头呆脑地活在
自己水域的
那几只——

此时，我掠过湖面的
直觉是虚无抵达湖面之前，
既摧毁我直觉
又重塑它的那阵风？

自治之诗

春雨之后的早晨，
有着久病不愈者的
一丝恍惚——
我语言上的病症在
不断地突变和加重？

散步经过尚未开门的花店，
嗅到夹杂着泥土味的花香。
人行道旁的桂树下，
堆着一撮渐腐发黑的玫瑰花瓣，
我视她们为喻体中
俗不可耐的失败者。

而失败并不意味着她们
竭力试图抵达的那花瓶，
就是被命名为爱情的失败的本体。

那些含苞待放的玫瑰
正在赶来——
那花瓶被置于这诗中，
被置于格奥尔格的
词语破碎处——
我语言上的病症在
独立地选择和拒绝。

盲者之诗

荷塘又干涸了，
而我看见
盲者凹陷空洞的眼眶。

荒草又被烧了一遍，
而盲者不见——

他披头散发，
令荒草烧得更旺。

在不惧我们逼近的
白鹭眼中，
我们没有
一丝一毫的区别。

在春风扬起荒草泛白的
灰烬中，
我们互为彼此
时间的幸存者。

我们活在一种
显而易见的时差里。

饥饿是我们
与生俱来的盲杖——

盲者自语：
脚下淤泥
犹存枯荷的喘息。

葱茏之诗

老银杏树因心生
厌倦，令自己再一次葱茏。

这葱茏是一种时间的救赎。
而树大，招风是另一种
避之不及的冷嘲和热讽。

我不止一次在
金黄树冠醒来
写诗，借用它古老而
神谕一般的浮力。

这浮力在枝叶之间
斑驳如光带来的词。

我游弋于这不确定的
光影中写诗，亦在这
万古愁的光影中穷尽一生。

印石赋

那些来自天南海北的
过我手的石头在诗里
应不应该有一席之地？

它们已被人切割
雕刻
打磨
上蜡成为一种已被
明代画家文彭命名的石头。

它们的一些已被我
用一把法古而
不泥古的刻刀再次命名。
比如：一畦青菜

三千浮云、虚室生白
格物致知、自出机杼
修竹引风来、心孤欲近禅
读书随处净土……

在它们，或许他们，
或许她们的反复自我铃别中，
深知自身硬度远不及
玉沁凉，却比玉孤寂。

词的废墟

我们急于写下的事物
绷紧在弦上。

琴弦上是淹没废墟的
一片大海——
词的潮汐来自爱的引力。

弓弦上是吞噬废墟的
一株草芥——
词的枯荣源于爱的虚无。

瞧瞧琴弦上的我，
处心积虑地
造就了这词的废墟。
瞧瞧弓弦上的我，
孤注一掷地
重塑着这词的废墟。

瞧瞧琴弦与弓弦
之间的我，

左右采获地活在
这词的废墟的
尘埃之中——

我们急于脱口而出的
不过是这废墟
草芥间的片刻的空寂。

——那些姗姗来迟的
是时间琥珀里
一只蝴蝶翕动的翅膀。

在众多我的我们之中，
谁侧身凝神听到这翕动之声？

虚脱一种

绞尽脑汁
写完一诗，
瘫坐于片刻充盈而
幸福的虚脱中——
夜雨沁凉如酒。

以雨之名

时间以液态之名
一阵一场
一点一点围拢过来。

我以容器之名
附身一盏一杯。

浮云以不尽
之名而无穷。

五月以雨之名而自省。
黑夜以雨声
之名而辽阔。

夏日补遗

我的头发何时
花白至肩？
它们早已习惯了奔跑着的柳树，
絮絮叨叨地自问自答。

范厨常常深夜来书房。
雨水中的柳树在
他酒杯里往往又哑口无言。

那日黄昏，
湖水中的柳树向我
扑面而来——

我的头发已花白至肩。

午后即事

意料之中的阵雨，
恰到好处
如同初秋时间的减速带。

慢下来。
慢下来的事物在意料之外，

聚集成诗——
三三两两的小蓬草，
散落在
词的减速带上

——没有词，没有
词的惯性，没有我
就没有一个诗的肇事逃逸者。

而雨后。我抖着
一身雨水，在小蓬草上
露出蝴蝶的翅膀。

泡沫之诗

清晨敦厚寡言的波轮式洗衣机，
在反复默读我脱下的
一堆脏衣服——

时而左旋时而右旋的
涡流，
来自我偏旁部首汇集
而成的大海？

洗衣液淡淡的迷迭香，
在浸泡
洗涤
漂洗我日常的五味杂陈？

那即生又灭五光十色的
泡沫读透了我？

——多好啊，我们互为

彼此的读者，

在这初春的清晨，

活在遍地泡沫中的我们。

烟花之诗

庆祝无意义的烟花在

一群孩童乐此不疲的手中，

嗖嗖地冲向夜空——

为什么是无意义？为什么

以庆祝的形式？为什么一声声爆裂

令孩童恐惧又欢欣鼓舞？为什么我和

烟花中走失于这

人世的盲人一样，

在这些无意义的问题上，

犹如孩童一般

乐此不疲——

哦！璀璨夺目的事物在

这邈远夜空，亦在

我们欲壑难填的内心深处。

书房

从我的书房出来，

下楼出门穿过街道的书房，

来到郊外，踏入田野的书房，

若是再往前走一程，

就是群山的书房，就是山巅

撑破乌云的天空的书房

——我没遇上一览众山小的

杜甫，也没碰上身为

图书管理员的
豪尔赫·路易斯·博尔赫斯。
索性在一棵松树下，
歇脚小坐，看那时的风起，
此刻的云涌。不一会儿，
疲马卧长坡的落日，
就趴在了书房窗台上，
而青山独自归的晚霞，
再一次不请自来，
不由分说地粉刷着
这书房的一切可见
和不可见的事物。

老宅一梦

中秋前某夜父亲
托我一梦：
我凤凰山麓的老宅快拆了，
我要搬家了……

门前的梨树、桃树
核桃树、花椒树和拐枣树，
已被连根拔起，
挖掘机的轰鸣
令我昼夜难眠……

我要搬家了，
你得来一趟，
请六七壮汉
替我抬着往返于
这人世的
那道窄门……

中秋之后我去了
一个叫乌木寨的地方，
以父亲的视角
眺望他云雾中消失的老宅。

之间

我们往返于此山与
彼山之间，
有时我驮着父亲入此山入如
松树的南柯一梦；有时
父亲背着我入彼山
入如柏树的海市蜃楼。
我们承受着彼此
肉身的一种不可分离的重量。
这重量约等于一蓬荒草
灰烬的重量。

凌晨两点

我无意打扰猫——
它醒着，在客厅，蜷缩在
它灰绒布窝里睁着
鹅黄双眼
在我摁亮荧光灯之前——
卧室与客厅如同
两个醒着的平行世界。

午憩

黑猫在我梦中醒来，

用一种被遗弃
惶惶不安的眼神注视着我。
而我浅薄易碎的午憩
会不会是一种
漫长的被遗忘？阳光普照下，
一种司空见惯的被遗弃
与被遗忘——
黑猫，不仅仅只是一个词，
比如爱，不仅仅只是
被爱，对我而言。

春天如斯

野鸭在省耕塘中
凫水，岸边
柳条于春风里抽芽。
春天如斯而至，他闭门不出——
火星探测器毅力号成功着陆了
火星，而王摩诘跳向
一壶中，溅起了阵阵春雨。

感激

斜阳丈量过的书房，光的寂静如
一把卷尺蜷缩回到了一本本书里。
这春日渐暖的黄昏，我心存枯荷
独有的感激——我视书房为永不
干涸的荷塘，视脚下这
古老的淤泥为一种馈赠。

春风即事

春风阵阵，柳絮漫天飞舞。
它们那么轻，那么忘我，
那么前仆后继地翻涌在天空之中
听命于春风，它们意欲何为——

朱顶白

一株朱顶红向着天南、地北
左西、右东，不分青红皂白地
各开了一朵大白花——
这反常之色，变异之美
在晨光熹微的破晓
仿佛是一种不言自明的宣言。

夏夜即事

雨声势如破竹，刹那间
盖住了我蓝牙音箱巴赫
的钢琴曲。窗外，喑哑的雷声
仿佛来自邈远宇宙的深处——
此时，泛着灰暗之光的夜空
仿佛我海豚般听觉上的底色，
一种混沌而绝望哀鸣的回声。

原罪

一把永无敌意的匕首，
它固有的锋利
约等于让我大吃一惊的一首诗？

时间消磨着它的
永无和固有，也消磨着我
肉眼凡胎的大吃一惊。

何为敌意，被命名为
匕首之物的原罪？

取走敌意，也取走了它的锋利。
抹去原罪，也抹去了她的惊艳。

诗人唯有消磨自身的一种原罪，
才能接近一种永无敌意的锋利？

然而，图穷匕见的阅读
意志消磨着我，也消磨着诗人
一首诗玫瑰般的敌意。

哗哗作响

夏日，两场骤雨的间隙仿佛是
我身体里竖起的一把梯子。
无论我是向上攀爬入云，还是
向下踏空坠海，昼夜的
寂灭，始终在一个缺席者的雨中——

把影白泡在酒里：我读影白的诗

／ 杨昭

　　"影白"这个笔名很搞：谁都知道，大凡影子，毫无例外地一定都是光的附件，是光借被它所照的对象而在某一物体上投射出来的视觉现象。影子随光而生，随光而逝，随光而深，随光而浅，随光而长，随光而短……影子只是一种光学现象，而非具体事物。它可能因光源、环境、显影媒介等条件的不同而显现出许多种微妙的颜色，唯独不可能有白色的影子。有段时间，诗人王单单非常担心自己将来获了诺贝尔文学奖以后时时刻刻需要到处去题词，而自己很有可能会因为字写得不好而丢了朋友们的脸，就疯狂地迷上了书法。正应了写毛笔字的人经常会写的"天道酬勤"那句老话，几个月后，单单的毛笔字居然写得有些顺眼了。影白见了，便要求单单为他好好写一幅，好让他拿去挂在他刚刚装修好的书房里向人们显摆。单单问他写哪几个字，影白说就写"影白"二字吧。单单建议影白改个笔名，影白坚决不干。可怜单单没见过白色的影子，着实犯难了好久，才写下了"影子太白"四个又大又黑的字。单单跟我说他写的"太白"二字，其实是诗仙兼酒仙李白的名字，而绝非对影白的奉承。"这点'安能摧眉折腰事权贵／使我不得开心颜'的骨气，老子还是有得起的！"王单单铿锵有力地说。

　　影白写诗，写的不是影子的主人，而是影子本身，并且是除了酒喝得差不多之后的幻觉外，到哪儿都找不到的白色的影子本身。也就是说，他的诗歌写作，在取人、取事、取物、取景、取情、取意、取理诸方面，都绝不直奔着它们在现实中的原物原貌而去，而是先把写作对象连同诗人自己泡在酒里，待酒精析出了他和它们身体里的有用成分后，才笑眯乐呵地捏着一只酒盅小口小口地（他的大多数诗歌都写得很短）品咂。其实，就连酒本身，虽然一眼看去跟水没啥区别，也绝不是水；尽管酒是用高粱、苞谷、大米、荞子、麦子等酿出来的，也绝非这些粮食本身。所谓酒，就是关于水和粮食的一种液态的形而上存在。而诗歌，也就是相对于原本现实的另一种现实。影白的诗歌美学，就是在此基础上建立起来的。

在影白所写的几乎每一首诗里，他都会直接或者间接地在语言的酒液里现身。他自己的形象的出镜率，比被他写到的事物还高（除非把它们加在一起跟他比拼）。比如"那日有人拎酒来看我。／我看此人眼里／葡萄浑圆，／披着法国古典月色。／／现在想想书房也是／一提可拎的醒酒器。……他言及近来／常常摸不到词的门环，／而文本形式上的／退路又令他／常常踏空。／／那日，我醉于／喻体恣意而生的延伸性。／醒来，本体的醒来／仅仅只需／一条清霜匝地之路？／一轮晓月孤悬于／两者之间，／我欣然于路上。"（《酒中诗》）我个人极不喜欢"喻体恣意而生的延伸性""本体的醒来"之类硬疙瘩，它们是没法被酒泡开的知识性的金属、玻璃和塑料。偶尔，酒的度数没把握好的时候，影白就会在一坛诗酒里密集地胡乱投入一些世界文化名人的名字、某种生硬的哲学术语、某个偏僻的文史典故之类倒胃口的化学色素，或者虽然将合适的食物放进了合适的酒液里，却等不及浸泡足够的时间就匆匆启封开坛。但大多数时候，他的诗酒真的泡得很有风味，异香异香的。在这同一首诗里的"我看此人眼里／葡萄浑圆，／披着法国古典月色"这样的句子，要想象有想象，要空间有空间，要语感有语感，要诗趣有诗趣，与那些"延伸性""本体"之类怪物别扭地混在同一个酒坛里。

其实，只要有足够的耐心，影白是很有本事把感性与理性的关系处理好的，比如他的这首《读史一记》："老虎眼里掷骰子的人是酷吏，／亦是他股掌间苟延残喘的民众。／提笔记下多日，／纸上笔迹一直未干——／它们是一片雪地上的一串热血，／亦是振翅飞过雪地的一群乌鸦。"又比如这首《以雨之名》："时间以液态之名／一阵一场／一点一点围拢过来。／／我以容器之名／附身一盏一杯。／／浮云以不尽／之名而无穷。／／五月以雨之名而自省。／／黑夜以雨声／之名而辽阔。"前者写读史这样颇能显示出品位的事体，并未使劲地往玄奥的去处去钻头觅缝，而是靠两个对比度足够惊心的画面代替了作者的废话；后者写落雨，用一堆断句奇特的排比句，硬是把雨水似雨非雨、雨滴欲落未落的样态准确地描摹出来了。

影白写诗，从来不热衷于当下行情不断看涨的社会现实的大题材，他只写他自己，写发生在他自己身上或身边的琐事，写早就死掉的跟他没有半毛钱关系的古人或现在还活着却活在万里之外的洋人。他写他们时，是将他们当成他的自我镜像来写的。他也会频繁地写到一些诸如清风明月纸笔砚墨植物瓜果鸡鸭鱼鹅之类显得颇为风雅的形象，但它们其实都是以他自己的副本形象进入他的诗歌中的，并且这些副本形象不但没有营造出真切、结实的生活实感，反而更拉大了他与一直都使他困苦的现实生活的距离。他的诗歌是向内收缩型的，时间往往是一小段一小段的时间甚至只是一个个瞬间，事物也往往只是一个个单独的、小不点的、具体可感的事物。即便是像《非常时期札记之诗》《札记十四行》这类表面上看很像是向外扩张的诗，骨子里其实也属于最后指向自我端详、自我怜惜的寂寞、疲惫甚至颓废的漫漶诉说。与其说它们是宏大的叙事，不如说是充大的自言自语。尽管影白常常会在本来就很跳跃的诗句推进的过程中猝不及防地冒出一两句洪亮的当头棒喝、激越的凌厉揭底，也只不过是听上去音量有点吓人而已，或者仅仅只是为了制造一点点"喻世明言""警世通言""醒世恒言"那种款式的语言效果，而对所要"言"的那个"世"，他根本就没把它放在心上。他的诗歌写作越来越没有闲心去管别人的闲事，越来越露骨地朝着作品最内核部位的他自己塌陷。

　　而这正是影白诗歌写作的意义所在。他这种反常的诗歌写作路经，正好就一脚踏上了写作的正途。清醒地、真诚地看清楚自己的真实嘴脸，是每一位写作者都不应该逃学的必修课。在写作中，如果连自己都敢骗，这个写作者的写作就太没有意思了。当下不少挤进诗歌写作者行列的人，要么心中根本就没有一个靠得住的价值判断标准，却用诗歌硬抢时事评论写作者的饭碗，时时处处向读者宣讲真理在我的大道理；要么因为吃得太饱而大写特写无聊、琐碎、低俗、肤浅的生活现象，还美其名曰"碎片化写作"；要么把修辞游戏等同于诗歌创作，靠浑浊、混乱的词语嫁接或者靠对语句的抛光处理工艺来自欺欺人……这些人都很迷恋自我美化、圣化从而自我感动，影白不是这样，对诗歌的语言、情感和思想，影白都是有敬畏的。他极其认真地在中国古典诗歌的语言表现力上下过功夫，他的诗歌语言是既有古典韵味也有现代性表达的张力的；他在诗歌中所欲抵达的思想境界虽然并不高大上，有时还显得有些别扭，但他在诗歌中的思考活动本身是严肃的、自觉的、渴望冲到高处的；他在诗歌中的情感表露实质上是一种伴醉，以演示他自己下意识里无法接受的自厌甚至自虐的自我否定的真相。他曾经试过在诗歌中自恋、自慰，但很快就明白过来诗酒的醇香不是靠勾兑点猛药就能实现的。诗歌几乎已成了影白的信仰，诗酒渐渐浸泡出了自恋、自慰式写作深处的虚无。而对生命的矛盾实质与虚无本性的体悟以及随之而来的痛苦，对中国诗歌写作者来说，正是有可能让他们从一个准诗人成为一位真正的诗人的重大契机。

因为泡在诗酒里，影白跟现实一直都很合不来。他对现实采取的态度不是积极应对，而是"惹不起，还躲不起么"的自欺和逃跑。当实在绕不开现实时，他便老老实实地书写自己在现实中的挫败感，并试图从中描摹出现实中并不存在的白色的影子来，用惨淡经营而出的特殊语境来让现实消失，又用瞒天过海的诗歌技艺来掩盖这种消失。如果对他的诗歌细读过一百首以上，我们便不难发现他诗歌写作走向里和谐背后的纠结，古雅背后的现代，淡漠背后的激愤，诚实背后的自欺，甚至我前面提及的那首《酒中诗》里精彩与败笔并存等奇特现象。影白是位极其矛盾、分裂的诗人，他无法自我整合、统一，他生命中的精华和糟粕都被诗酒给析出来了。这使他的诗歌在当下泛滥成灾的诗歌写作人群里获得了很高的辨识度，使他既骄傲又焦灼，既远离现实又偷窥现实，既享受孤独又害怕孤独。有两个影白同时存在，一个是现实世界中的影白，另一个则是浸泡在诗酒中的影白。当两个影白不期而遇时，真的那个影白很假，假的那个影白则很真，如《己亥初冬某日游记》所写："正午时分诗人王单单 / 相约去附近一座高山，/ 鸟瞰一下这身居其中的弹丸之地。/ 酷似闻一多的司机，/ 驱车载我们 / 从宁边村逶迤而行至山顶。……匆匆而来的我们登顶了吗？/ 我随手拾了一块 / 山路旁的青石—— / 你好！二十年前耗时 / 六小时徒步登顶的另一个我。"

在影白看来，事物的形象永远比事物本身更重要。因此他总是在用度数较高的语言酒液浸泡事物，以图用浸泡出来的事物的形象来取代事物本身。影白写诗，很反感对现实进行临摹，而倾慕于庄子式的自由无羁的自我表达。但无论是朝中国古典文学顶礼膜拜，还是向西方现代诗学偷师学艺，他身上最缺的，恰恰正是自由。他只有对自由的渴望，而无一副自由的心理结构。也许坦然接受自己这个自由的囚徒的身份，努力让没法统一起来的自我里元素更丰富复杂一些，诗歌写作就能更从容一些，自我观照就能更清晰一些，内在分裂就能更深刻一些，生命体验就能更坚实一些，诗歌对现实的超越就能更撼动灵魂一些了吧。

程春利《生息系列之五》

材质：纸本

70cm×70cm

2010 年

水之赋

/ 海男

水之赋（节选）

1

一只天鹅站在水边饮水
一只天鹅，将我引渡到了水边
我渴得厉害，似乎在梦中的沙漠中走了很久
滑落于树枝的响声，超越了轻重缓急
水的本源，从饥渴开始，当你口渴了
树脂干枯着，空气中有滚动的烈火
当你口渴时，天鹅飞过了变幻无穷的云图
水，是什么？在你的血液中循环的是什么
红色，一个词根。贯穿于身体的是血管中的流速
连接起身体外部的生物钟
比如，带着血液奔跑者来到了水之岸
有时候，当你寻找着杯子
你已经口渴了。当你从沙漠风暴中走出来
一只天鹅的飞翔，让你的身体在奔跑
你看不见天鹅从云图飞出来的路线
但你看见了它突然俯冲而下，来到了水边
你同时看见了一群候鸟也站在水边
将它们的头颈移向波光中的晶体
一群鸟是怎样喝水的

一只天鹅是怎样喝到水的
一个人又是怎样喝到水的
追索水的本源时，我来到了水岸
一只鸟只能喝到一滴或三滴水
一只天鹅只能喝到云朵般柔软的三四滴水
一个人也只能一口一口地喝水
水的柔软无骨，使你要慢慢地品尝
从天上来的水与地上涌出的水距离
水里藏刀剑，就像是肉里有坚硬的肋骨
有水的地方，就有巨风波澜
有水的地方，称为彼岸
两个彼岸住着幽灵和神仙
从空中架起的桥梁，幽灵和神仙彼此来往
一只鹅，将我的目光引渡到水之岸
我趴下身喝水，一只天鹅和一群候鸟们也在喝水

2

只有当你口渴时
只有当你口渴时，才知道水的本源
就像母乳。需要在漫长的时间中来回地轮回
我想起了一些环绕我们的植物的名字
番茄、茴香、石榴、凌霄、脐橙、紫竹、茶花
柠檬、杜鹃、土豆、树上木莲、野百合、菊花
还有向日葵……我想起了，花和植物
产生了辩证学的关系，在一座旷野
它们总是需要尘土，又彼此寄生于自己的家族
就像你，在寻找口杯时，已经来到路上
活着，手可以举起来又放下
耳垂可以通向外面的世界。你好吗
就像水，来到了手指缝中后落下去了
我们去寻找的是水源地吗？那刻骨铭心的

是我们看见了水从树根下沁了出来
只有当你口渴时，看见水沁出来时
就像一只银色的蝴蝶从树枝中飞了出来

3

从湖水中捕食到小鱼的水鸟
出门只有一条路，就没有多余的选择
这是上苍赋予的，就像鸟除了飞翔
当它来到人类面前，为了觅食在苇丛中筑巢
那是一座环形的湖，无法用双臂丈量的湖心
是湖的中央区域。水有多深，一只鸟扎进了
水中，捕捉到的一尾小鱼……是红色的
你见过这场景吗？水鸟猛一抽身
往空中飞去，细看它的羽毛
并没濡湿，如果羽毛湿透，飞翔有多沉重
这是眼底下悲壮的一幕，水鸟衔起小鱼
拍击翅膀，偏离开水面。它将往哪里去
所有的世界史，都离不开童话
也离不开寓言。尽管童话跟寓言
是两回事。亲爱的，当你左右环顾
是为了相逢。有相逢必有告别
正像有生必有死。这些东西都在美妙的
童话世界遨游，在寓言故事中翩翩起舞
而一只水鸟，却以我们无法想象的爱
飞进了芦苇丛中的鸟巢。因为它捕来的小鱼
足够里面的三只幼雏瓜分。生命，有饥饿
只要有嘴，就必有牙齿消化功能
饥饿，是生命的第一特征。童话的源头
就是从饥饿的味蕾开始的。而寓言就是
绿苇丛中那只鸟巢。经历了几十次的捕鱼
有一天，三只鸟儿从鸟巢中探出了头

这一天，多么安静啊，三只小鸟
来到了湖边，第一次将头探进湖水
喝到了水，同时也看到了湖水中的鱼群
多么安静啊，三只小鸟突然腾空而起

4

土豆的花是蓝色的
你知道吗？土豆的花是蓝色的
是天空般的蓝。一个妇女将土豆种在山地上
离水渠很远。是从山地到山脚下的远距离
你看上去很近，就是几尺竹竿似的远
而一旦走起来，要走多长时间
时间离开了钟表，全凭太阳的移动感
一个山地妇女手腕上没有表链
她四十岁左右，这块山地是她命中的转盘
从早到晚，她从山脚下村庄出发
现在，她肩背一只木桶从山脚往上走
水在木桶中晃动，每天几十趟
从山地往下走，穿梭着从灌木丛中闪出的小路
蛇一样盘桓出的小路，是她一个人走出来的
背水上山，去浇灌山地上的土豆
现在，你知道了，她往返几十趟以后
黄昏降临了。蓝色的花越开越鲜艳
她站在山地上，就像一个女王
疲惫地微笑着，朝后仰起脖颈
那黝黑的，汗淋淋锁骨下的丰乳晃动着

5

水，在我血液中融入了时间
对我而言，如果没有水身体就萎靡了

准确地说，是像一棵树从头到脚都干枯了
水，在我血液中融入了时间
此刻，为了活着，我靠近窗户
神告诉我说，一个人有一道窗户
并能打开关闭，就能活下去
是啊，神就是神。哪怕是多么漫长的焦虑
一旦靠近窗户，并能打开它
我在窗口看见邮差在楼下叫唤
是叫我的名字吗？我飞快地跑下楼
细枝末节总是来得太快，邮差递给我
一封信，还有一封未启口的电报
那是很久远的事了。我的手指微颤
院子里，一个妇女正站在水井围栏边洗菜
那是很久远的事了。我启开了电报
邮差的自行车铃声远逝于围墙外的小路
我站在院子里，站在水井边的妇女
穿着白色的确良衬衣走近我说
去吧，去吧，去乘火车，三公里就是火车站
我听着树上雀鸟的声音，身体中的水
在哗啦啦地流动，那一年我年仅 18 岁
而此刻，我站在另一道窗户前
院子里没有水井，也没有邮差送来的电报
因为，一个电报的时代早已结束了
送矿泉水的青年男子上楼来了
我打开门，他将一大桶水置入饮水机
时代变了，我们依然需要喝水

6

淘金人住在水边的帐篷里
水会熔化金子的属性吗？那一年
沿江水往前走，看见了一顶顶褐色帐篷

帐篷色，远看就像一丛丛野生蘑菇
我们想起蘑菇时，味蕾就在躁动不安
尤其那些野生蘑菇的形姿，熬成汤锅时的鲜味
是啊，人类隶属于饥饿中的另一种生物
也可以称之为野兽。那一年，无数的淘金人
充满野性地占领了江边砾石岸上的旷野
金子，每当写下语词时，其实已经看见了金子
在发光发热。其实，真实的纯金离我们
是如此的遥远。金子，在哪里？这条索引航线
总能让人心去探险，为了金子而发动战役
那一年，看不见硝烟，也看不见藏金之路
数不尽的淘金人，来到了一条宽阔的江岸
水在这里湍急而又傲慢中往下流淌
淘金者有女人，在天气炎热的午后
她们穿着宽松的上衣，可以看见丰乳的
乳沟中流淌着汗水，男人们穿着短裤
其余的部分都赤裸着。女人们赤脚在砾石中
面无表情地行走，感受不到赤脚的阵痛
有时候，会看见她们跑起来
跑到江水的潮汐边，跑到她们的男人身边
我只是路过此地，并不知道
他们是否能从江水的汹涌起伏中淘到金子
女人们的头发汗淋淋地贴在面颊
她们在岸上生火做饭，晚上钻进帐篷
躺在身体像青铜器一样黝黑的男人身边
黑暗的夜晚，有潮汐漫过他们赤裸裸的身体
迎着正午的阳光，往前走
猛然会看见一只巨蟒从旷野中移动身躯
这原始的惊悚，差一点就让我发出了尖叫
一个女人走近我，低声说，别叫
如果你叫，它就会要了你的命。她靠近我
我感觉到了她身上有男人的气息

有江岸之上看不到尽头的黑色迷离的气息
我没有看见金子，只看见男人和女人
厮守着这条江水和岸上的旷野

7

蛙一样游动穿行的命运
池塘边，我们久久驻留，看见了蛙
之前，我们刚离开了高速公路
速度，就像冬日的冰雪覆盖了新大陆
我们在其中等待阳光静悄悄地融化
但我们却无法阻止外在的像风一样快的速度
首先，要设法让体内的心跳声慢下来
慢节奏，总是让我想起水怎样洇湿了身体
男人又怎样在充满麦芒的土地往前走
慢节奏，如同十指伸出去
每一个指头都能获得风雨的拂动和清凉
慢节奏，是我们从锁定的时间中往外行走时
遇到的一座池塘，看见了蛙
犹如看见了我们自己，在喃喃私语后
披上了朝与暮的光泽，迎着排箫般低诉的
从叶片、紫薇、蕃果中弥漫而来的节律
我们将自己的身体，带到了那蛙一般的
游动中。是的，蛙一般游动穿行的命运
我们在此驻留，你能陪我多久
这个追问，像水中青苔下蛙的无影无踪
终有一天，我将长眠，而此刻
我获得的自由，就像池塘倒映的蓝天白云

8

有水的地方就有沙器

沙器，是另外一种随同我们漂泊不定的
形而上的时间。无论我们置身何处
都无法摆脱时间。有水的地方就有沙器
有谁能够在时间外奔跑？沙器在嗖嗖穿行
附带着人类残留在其中的毛发般的轻盈
此刻，在一座村庄，刚出生的婴儿
还未剪断脐带，婴儿的啼哭
带着子宫中的血腥味儿，总能划破天际
此刻，那么多的沙中蜥蜴们正敏捷地
去捕获食物。此刻，干燥热烈的温度
沙器变幻着水边的影子，那些带着金盏花的
使者，会路过此地吗？那些厌世者
透过无穷尽的旅路，来到了一座客栈
在沙器般的客栈，那焦灼、灼热的
随同夜色上升，变得越来越凉爽的旅者
终于安静下来，合上窗帘
沙器中有水细密地流淌，在梦中
干枯的树全部穿上了绿色的长袍

9

河床上的白鹭拥有崇高的使命吗
我看见了妇女们在盛满白色豌豆花的庄稼地
露出了上半身。我看见了她们站在水岸的
斜坡上，安身于自己的出生地
我眺望着她们采摘豌豆的背影时
将目光投向碧蓝的河床，万物重生
使我看见了几只白鹭。它们是像我一样
路过此地吗？白鹭们栖在了河床上
河床上的白鹭们拥有崇高的使命吗
面对几只白鹭的栖身地，我忘却了人世悲哀
那些混沌的壁垒、坍塌的阴影离我远去

从一条小路往下走，旁边有伴侣的气息
他总能陪同我从高高的崖顶往下走
我总能跟上他的节奏，就像炫幻之夜
发明了我们朦胧的仪典
银色的月光，昨夜刚逝去
我们从小路走到了水边，那崇高的
变成了几只白鹭的形体，它们栖在河床
废弃的木船上。这或许是白鹭们
长旅的中途。他伸出手在空中触摸什么
在他眼神中，我看见了白色的羽毛
变幻来得如此之快，那几只白鹭带着使命
缓缓地开始拍击着翅膀，此时此际
我忘却了赎罪时的痛苦，将目光投向天际

（选自《作家》2021 年第 7 期）

哥特兰岛的黄昏

/ 蓝蓝

忠诚

她手指粗糙，生满老茧。

——就是它们
在不确定的琴弦上
克服了偶然。

一支短歌

麦子，我愿成为被你的麦芒
刺痛的叫喊；我愿成为你一阵黄金里
的昏厥；成为你婚礼上秘密的客人
你叶子的绿色情郎，和
滑过我嘴唇的麦粒的恒星。

死者

没有永垂不朽。没有那些
大理石台阶不被蒙上苔藓的
永存。二月柔软的苞芽会刺破墨水的坚硬
在注定要坍塌的石碑下。

但历史不会提到这些细节：一个人
如何慢慢死去。黑暗压上眼睑。
它曾哭过，为着和所有人
　　　毫无二致的痛苦。

读书的少年，抑或老人。
无论是谁，此刻
作为一个人，他曾经
有过童年，蹒跚学步
在这个和昆虫、鸟群一同
被召唤来使世界美丽的大地。

而活着的人在恐惧中失去双唇
它们曾是真实的，像死者化为灰烬的手指
像无名的事物转瞬消失——

没有指证者，因此
也没有幸存的人。

一切的理由

我的唇最终要从人的关系那早年的
蜂巢深处被喂到一滴蜜。

不会是从花朵。
也不会是星空。

假如它们不像我的亲人
它们也不会像我。

消失

消失。
比死亡远，比拥抱近。
我接受遗产，你所奖赏的：
寂静。

你的赐予，我遵从。

在这横亘的安宁中我拥有
无限的时刻。广袤夜空中的群星。

金色的你的身体在闪烁，到处都是。
金色的你的嘴唇。金色的！

麦田把它逝去的韶光种植在
我命运的屋顶。

短句

已经晚了。在我
迷路之前。

我喜欢这个——
疯狂。这最安静的。

可以拖着你所经历的来爱我但恐惧于
　　用它认识我。

我将是你获得世界的一种方式：
每样事物都不同因而是
同一种。

矿工

一切过于耀眼的，都源于黑暗。

井口边你羞涩的笑洁净、克制
你礼貌，手躲开我从都市带来的寒冷。

藏满煤屑的指甲，额头上的灰尘
你的黑减弱了黑的幽暗；

作为剩余，你却发出真正的光芒
在命运升降不停的罐笼和潮湿的掌子面

钢索嗡嗡地绷紧了。我猜测
你匍匐的身体像地下水正流过黑暗的河床……

此时，是我悲哀于从没有扑进你的视线
在词语的废墟和熄灭矿灯的纸页间，是我

既没有触碰到麦穗的绿色火焰
也无法把一座矸石山安置在沉沉笔尖。

无题

我不爱外衣而爱肉体。
或者：我爱灵魂的棉布肩窝。
宁静于心脏突突的跳动。

二者我都要：光芒和火焰。
我的爱既温顺又傲慢。

但在这里：言词逃遁了，沿着
外衣和肉体。

偏爱

铁匠最钟爱的是一块烧红的铁。
我知道你偏爱的是我。

砧子告诉过你我的柔弱了吗?

——举起你的铁锤吧——

壁虎

它并不相信谁。
也不比别的事物更坏。

当危险来临
它断掉身体的一部分。

它惊奇于没有疼痛的
遗忘——人类那又一次
新长出的尾巴。

她

她生了两个儿子和两个闺女。
她有三个孙子、两个外孙女和
没见过面的一个外孙。

他们中有工人、农民
有画家、记者、法官和诗人。

在死后的几十年里
她又生下了五排柳树和一片杨林；

生下了一座小山坡和
里夹河的数条支流。

她也生育鸡雏、牛群
小猫和小狗——她生过一只
漂亮的跛腿驴子。

她继续生下着大路和小路
猎户座最东边的一颗星星。

她生得太多太多：谷仓、芨芨菜
磨坊和门神，以及
　　这首小诗。

她生下了大沙埠这个村子。

她是我的姥姥。
她的名字叫董桂英。

纬四路口

整整一上午，他拎着镐头
在工地的一角挥舞

赤裸的脊背燃烧起阳光
汗珠反射肌肤和树荫深处的愤怒

整整一个上午，刨土声平衡着
夏天与寒冷之间的沉闷叙述

更大的喊叫来自搅拌机，石头和一部分
冷漠的听觉在那里破碎

我的注视是一阵剧痛：
他弯曲的身体，丈量台阶的卷尺

而此前，我恍惚看到一支大军
行进在他粗壮脖颈和双臂的力量中

一瞬间我以为身边的楼群
是树林，是鸟在黑暗里……而

我的脑袋撞到想象力的边界：整整一上午，他
像渺小的沙子，被慢慢埋进越来越深的地桩。

如果我消失

如果我消失，那空洞就造成
一个更大的我。

虚空吞噬我。
唯有此，在绝对的虚无里
时间不动，在
一个逐渐扩大的空洞中。

——何来我？
那万千之他的我。

诗的样子

不是自来水和水龙头。
你懂我的意思。

是涌泉。是水桶。
是打滑的石台。
是长长垂下的湿漉漉的绳子。
是黑暗和焦渴向下掘出的
深深的井筒。

这并不容易被看到。

那些云和星星。
那些探进来的
惊喜或绝望的脸。

我是谁?

我不是一个,
不是半个。

我是你,
或者他。

我是两条线交叉的
那个点

至少。
荷,荆芥,清凉的
空气,葵花的头已砍下

一场阵雨，人世的秋风
吹过，夏天的血和雪

（选自《诗建设》2021 年夏季号）

松针上行走的人

/ 桑子

山毛榉

每个夜晚，我们领受着神秘之物
成为它的舌头、眼睛和心脏
我们驾车或飞行，它在山坡上
在铁路桥两旁，火车呼出热气
铁轨发出尖叫
它在那些我们不曾去过的地方
尖细的树梢是鸟的长喙和群山的骨架
那儿应该有一万个铃铛
像齿轮一样打破时间黑色的沉默
枯叶翻滚着，阳光鸟瞰它
我们盯着山毛榉，它总朝我们走来
每一分钟每一年，一千扇窗和偶尔的
思念，夕阳是它最后的一撮灰烬

时间还在

中年后变得迟钝的人
细腻又枯燥
简朴的食物值得信赖
月亮从老旧的时间里发出叹息
全能的哑巴在修建房子

如一幅没有上色的图画
历史不是时间
未来不是时间
它们只是时间的问题
暮春的夜晚属于所有人
直到所有人都成为石头
时间还在，时间还没到
谈论时间如同谈论一个危险
它从没有存在过但无所不在
谁能了解那沉默的语言
夜吞没了每一条道路
真正的无边无际
黑暗无所顾忌
朝每个人内心崩塌而去
谜和谜底，来自同一个问题
问题总是存在
庞大的不可捉摸在指挥我们
感受来自不可知的触摸
缓慢地、迅疾地向着寂静与喧嚣
一切光都能把我们打碎
我们胆怯地认识另一个自己
如当众被识破的谎言

洱海夜捕

巨大的黑色花朵盛开
男人们如工蜂在花蕊上忙碌
不可见的蜜在夜的心脏跳跃
之于肉体就是夺眶的泪水
渔夫陷在夜的沼泽
白帆和铁锈色的桨略胜于我们
大湖敞开

把无可描述说成无限

一切细微和庞大之物

无可辩驳的意志和局限

鱼被网住

如我们迁怒于自己的肉体

小小的波光粼粼永不磨灭

来自不可把握之事

不能抵达之处

是涌出之物汲回自身

它闪耀，如我们被唤醒

永恒的迁徙者

从明亮处走入浓荫

洪水淹没了我们，在我们体内汹涌

借助浮力我们从灰暗的底部升上来

灵魂呈现，初具形体

光不假思索的每一步

都蛰伏在令人信服的时间里

我们忧心忡忡于命运的无常

光在赦免，在寂静中闪耀

像一首诗被反复记起

住在大湖的东岸

湖是我们仅有的孩子

是大地永恒的迁徙者

是炽热的正午与严霜的隆冬

是一场暴雨后

变得深蓝的我们的眼睛鼻子和身体

是我们的此时此刻与百倍的加速度

雪山浴雪，天空空着

时间虚构，声音存在亦不曾存在

我们害怕暗处的敌意和亮处的盛大
光从不同的角度进入
阴影是永不离开的死亡本身
众多空房子通过一道生锈的铁门
杀死自己
肉体掉进肉体中，眼泪流入干涸处
藤本植物在攀缘，果实累累
空房子指挥着一条街、一片原野和永恒的天空
人人将一无所有，在身体里迎接风暴
这是离去的时刻
水手在舱底也在浪巅
光和影是最好的罗盘
探险者死于探险，火焰自火焰升起
我们在世界之外，在一百所空房子中间

湖边散步

光模仿鸟的鸣啾
荡起一个个旋涡
谁在等待，一封没有地址的信
我们可以感知湖底石头的温度
和雪线之上炽烈的光芒
万物皆在迁徙
伟力犹如神迹
光在无限拉伸
在阴影处复活
光阴啊，一大片光秃秃的光和影子
我们踩着迅速下降的暮色
空旷处布满荆棘
行走在陌生之地
远处是连绵的雪山和呼呼的大风声
星相家在暮色中主宰着村落的命运

技艺娴熟已达到了死而复生的境界

大地的鳞片

湖深蓝，天空深蓝
波光似脉搏跳动
巨兽沉睡已千年
太阳被厚实的皮毛击碎
血液流向四面八方
流向每一株植物的根
那个茂盛的夏天，空旷的身体敞开
向万物敞开，在任何一个地方复活
我们耐心观看植物生长
与陌生人友好相处
割草机突突奔走
大地抖动自己的鳞片，蠢蠢欲动

许多年许多人路过
没人会记得这一天
锯齿形的闪电在追逐
白雪的波涛卷到天边
光冲出黑夜吞没自己
它重复着死亡重复着爱
无论在何方
我们都能看到升起的群星
天空多么贫瘠多么富饶
年轻的自由和无尽的宝藏
它从不显露，也不隐藏
空房子藏在灰色的院墙中
如我们藏在无尽的时间里
大地上所有的流浪者
带着从前的经验

在四面八方彻底的虚空中
观看古老的星阵
追问将来会是怎样——

夜色决堤

一切都在疯长
速度超过我们感知
黑色吞噬一切
无数的耳朵听不到
无数的眼睛看不见
黑色在喂养死者
正浓缩成时间最精华的一部分
满院刈过的草重又回到根茎上
我们从别处而来
伟大的光合作用已不在
楔子进入结构的缝隙中
夜在夜的身上消失
谜语消失在谜底中
呼啸的十二月把天空降到半桅
仿佛一次有力的拥抱
影子成为湛蓝的风
大地长着翅膀
群山黑色的缎带穿过我
在时间的尽头反对死亡
反对隐喻以鲜亮的颜色穿过旷野
反对又大又圆的月亮让每个人
看上去，孤悬在人世

杏子

大家都不说话了，在天空和

黑色的大地间
杏子有着淡淡的金色的气息
星星掉下来
树冠像绒毛一样，闪着银光
昨天下了雨
杏树边的水沟塌了
太阳有些潮湿，村庄里的人
背对着昏昏欲睡的太阳
发出沉重的呼吸声
杏树在阳光的簇拥下
欲望强烈，连花朵都在战栗
它手指提着长裙，望着天空
周围是铁锹、铁镐和鹤嘴锄
它长出的果实，像一条新闻

夏日黄昏

夏日的衰落从某个黄昏开始
从一只蜜蜂的死亡开始
异乡露出瘦骨
负担镜子里多余的黑
那时我们举杯
树叶哗哗落
——大地的雀斑太阳的锚
明亮的沙沙声把万物托举
所有的枝丫都朝一个方向
天空被团团围住
种子匍匐在大地，被野性灌溉
午夜，星星回到天穹下
像众多的蜜蜂归巢
山峦起伏不定，我们竖起耳朵
沿着夜的曲线聆听黑色的低语

故事拥挤在一起长出夜的触须
穿过原生质的夜，去往黎明
无非是一时，暗夜与不可知
经历着未曾到来的一切
没睡着的人保守着秘密
是年夏天
我们坐在花园的木椅上
影子向夜色敞开了心扉

群山如大海汹涌

庄稼厌倦了生长
不朽的玫瑰就是夜里的太阳
蝙蝠出现了，现在
只允许一个人出现
只允许一朵云经过
只允许一只熟透的果子挂在树梢
群山如大海汹涌
回忆是一种播种
种子浸泡在寒冷的雪水中
已经忘记了发芽
孤独在夜的窗玻璃上
堆积敏感的听觉
天完全暗下来
巨大的黑洞向四面八方敞开
迎接着我们的爱人
或者我们野蛮的敌人

烧饵块

火焰古铜色的谎言被覆上雪
粮食穿过黑色的稻田和密林

保存了肉体的记忆

在湖边，在众多的大理石中间

在太阳与月亮的接合处

用利剑劈开

过去忍受着炙热的太阳

现在被炭火煎熬

烤熟的饵块赎回被砍了头的稻谷

火焰胶着火焰

舌尖缠绕舌尖

已无法追溯各自的疆域

亲爱的世界已模糊

镜中也无物

一捧白雪，抵达时间的总和

和世界的清晨

（选自《扬子江》2021 年第 4 期）

蜜蜂的舌头

/ 魏天无

在古堰画乡

溪水送走落叶。从未见过
如此从容不迫的离开，如此
平静如水的浮沉，仿佛命运不由自主
但总有一个时辰你我前后相随

没有两片叶子相同；你所见的水草都是
孪生的，朝着同一个方向
不明终点的方向，无法自已地飘摇
但绝不松开，永不溃散

早起的人
——给剑男

早起的人在门廊下看雨
梦中的人分不清雨声和高山流水
雨有时会停下来，看看它洗过的世界有没有变化
山谷中缭绕的云雾遮住了它的眼睛
早起的人坐着，抽烟
看对面景区大门紧闭
听说前几日有位游客
被落石击中头部，躺在医院里尚未苏醒

现在，我们只能在想象中看见

十来只白鹇在骤雨初歇时来到密林小径

又被松动的泥土和滑落的岩石惊起

像一团团腾空的白雾

每一棵植株都被雨的指头敲打

每一片叶子都倾向大地

我们这些城里来的人

躲过了一次又一次灾难

有的早早醒来，有的还在梦中

美好的事物虚幻如故

对它朝夕相处的世界

保持着分寸

西蒙娜·薇依

我在春天读到一位女性

写给父母的最后一封信

全部是美好的事物，或者

询问他们那里的事物如何美好

全部是躺在病榻上不能动弹的她的虚构

一笔一画的拟像，却再也不会有比这

更真的真实，因了那些不能再美好的词语——

春天，白色粉色的树，树上的鸟儿

夜晚满天的星星或一轮绝美的月亮

全部是再平常不过的景色，不能

——细说下去：美好已自行说明

美好是，它还在这个世界上，还在

光明里，还在它要去播撒的路上

它不知道它已落在了死亡的后面

这是这个世界上最美好的事情——

它越过一个人的死亡

像扁桃树花落满大地

在天姥山青云梯

多少人曾从这里走过
再多一两个又如何
吟诗者作古，崇古者变成
猎奇的游客。五角形的红薯叶被翻藤
露出银灰的底色
花生苗钻出白色地膜
如你所知，现实与梦很不一样
但梦与梦早已不是同一个词
过去的梦是另一种现实，得之于
另一片风景，像千年香樟上寄生的植物
有着透明的羽状叶片
如你所见，柿子青涩
板栗还在壳斗中熟睡
登山道已被无数次修正
抬头看天姥山的峰顶多像一场
从未醒来的梦。白云簇拥
渐渐暗淡、弯曲的月亮

听洋仔唱《可可托海的牧羊人》

有多少人在餐桌旁为你唱的歌流下泪
就有多少种被错过了的生活
不：只有一种虚幻的爱情
此刻在一个陌生人面前变得真切无比
不：只有你闭着眼，低下头
弯着腰的唱姿是真实的
流泪的人各不相同，她们流下的泪
都是一样的。追她而去的人手里都攥着
一模一样的餐巾纸

他们说你的歌声是虚假的，模仿的
没有比这更真实的了，洋仔
像这夜空，容纳不了太多明亮的星辰
像这并不公平的世界
靠着些长久存蓄的泪
获得暂时的倾斜

写给看台上的构树

无数次偶然中
总有一次属于你
把你送上人类的看台

当你从空中降临，当你枝叶纷披
牢不可破的世界中那一点瑕疵
被重新识别为养育世界的泥土

顽强，坚忍，不过是贫弱者给更贫弱者的
虚弱赞词。不理解事物的懵懂
你就看不见一种巨大的爆破力

来自一坨白色鸟粪的包裹
在那时，此地
溃逃的人群留下他们的遗址

蜜蜂的舌头

直到死去，一只蜜蜂吐出了舌头
细长的，带着一点弧形
临终前才向世界展示你生存的技艺？
像一缕枯黄的花蕊失去了它的蜜

这是南方的冬天，红的白的山茶花还在开
野桂花在山坳里
春天的时候，在油菜花地里
我会想起蜜蜂的巧舌如簧

割草

青草的气味在被拦腰斩断时
才能嗅到吗

割草机，斜挂在割草工的腰间
巨大的轰鸣声在后，两齿刀片匍匐向前

季节性临时工，唯一被允许
进入草坪的人

他走遍青草的聚集地，双手
平稳，专注于手头的活计

叼着的烟让他眯缝起一只眼
下巴上的口罩来自冬天

四溅的草屑被清扫，收集
在垃圾桶边半蹲的黑色袋子里

仿佛什么也没有发生
却又焕然一新

汁液的气息流淌到天色微明。不绝于耳的轰鸣声尾随
一个震荡不已的梦：割草工稳稳走来

高速旋转的刀片画着圆弧，他屏住呼吸
像手持探雷器

（选自《长江文艺》2021 年第 9 期）

春秋札记

/ 阿波

春雨

外面下起了雨，我走到阳台
小白花一动不动
栏杆上挂着的水壶倾斜着
天色还清淡

能看见模糊的初月
屋里传来孩子们的声音
未到达的停留在近处
一起向我展开

春雨落在身上
人什么时候感到爱意
就什么时候感到羞耻
白昼已尽，鸟未止鸣

相对坐着
看到你的容颜
怀恋都在群峰之外
它们像雨滴打在窗檐

正月廿四

昨西湖飘雪
推开窗户

风又寒，父母不在身边
蜷缩着昏昏欲睡

默默，默默
过了立春，雨水也快到来

群峰孤寂
望着楼里几个工作的人

七月初四，南京

窗户望出去
一排一排大船停在江里

江水浸没了桥墩
漫过树根，落叶漂浮

处暑，我们住江苏路 3 号
白天黑夜和友人相见

它静静趴在青石板上
槭树一动不动的阴影

河边

你知晓，水面并不这般翠绿
枯枝，倒影，荡漾

都停滞在那里，谁依然心动

木瓜垂丝，桂花紫薇，碧海珊瑚
雪落，鸟雀落，暖阳徐徐
房屋也落下，我见你站在河边

乐盈，礼减，共销万古愁
颤抖的手紧紧握住又松开
记下来关于劝勉关于返还

读礼

羽者妪伏，田野低鸣
反反复复读得不宁
崭新的文字，越磨蹭越软弱

荒凉雪一样落下
春山枯水欢爱
古老的，遗弃的，四海无人

一个平静的夜晚，灯火熄灭
寒风吹过树间
人世的梦境破晓飞去

曾子问

人年长了如何是好
春水弥漫失色
崇山峻岭也模糊

在戚而有嘉容，如乐何
日食止哭，渺渺星夜

我独自站在路边不言

亲迎而反，美好的事在途
如之何？她忙于梳妆
深衣战甲，驶向银河

正月廿三，窗外落雨

不吃晚饭
挖掘机在橘树下盘旋
万千迷雾，可以放弃
多么想轻轻抱住你

公子安之，公子不可，公子惧
公子降，拜，稽首
河水涨起来，漫过门槛，这里在做梦
春去秋来请待子

春分海棠

"水很多，但是水，沿着眼泪
却不能流进你的故事。"[1]

不再能看到雪
只是有点兴奋
眼前的树不再长出叶子
阴影不动，停在大街上

它飘下的样子不会重现了
我们不安分地站在一边

---

[1] 出自臧棣诗。

不思想，不爱恋
像夜空中的星星

没有秘密，我和你的普通生活

立秋

什么都不做，呼啸和虫鸣
继续听下去，妄图远山
平常的没有显现
落叶也起爱怜

我们见过了
陷在喜悦里
黑夜从屋顶扫过
好的和坏的都像没有发生

它们在空中荡漾
一点点飘下来，不能分辨
苦痛，怯弱，愤怒
无尽，一个一个少年低头

秋风秋雨降临
再一次怀抱你
天上空空，什么也没有
亦步亦趋，你念念不忘

东明寺

无所思念者啊，一日青山
缠绕者啊，携手羁绊
澹然者啊，芭蕉滴雨

静默者啊，眼前过去了

思念者啊，从苕溪向北
有所依倚者啊，暗中坐下
未能健行者啊，蜈蚣跌落
有光耀者啊，戚戚沉沉入眠

而了文字，文字啊
桂树摇摆在庭院中
楹联末端见观音
山下灯火海一样漫来

淋雨中的大殿啊，荷花开
两棵银杏缓缓倒下
侧旁客堂里点上了蜡烛
他们低头抄写

保俶塔

抬头看见保俶塔
树枝和屋顶后面站着
冬天还没有寒冷
已近正午，我愣了神

它变得巨大静默
朝湖面低首，世间涟漪不能抒情
我们住在山脚下
登高能有什么

一层一层宝塔
看不到过往，看不到双亲
看不到苍老消瘦

一动也动不了，塔身紧闭

摇摇欲坠一路走回去
北山凤起省府弥陀寺
像在云朵，我碰到他
美好艰难，它那么新，和你一样

龙女牧羊

春露其一

雨自树梢的云端滑落
几只公羊石间徘徊
这里是海外仙山
你是龙女，拉我出门

十月秋风里跑到水边
对面是被照见的岩壁
我冷得漂浮
记原来的事

道左相遇
平原野草摇摇
我说：他日归洞庭，慎勿相避
你盈盈一拜，转身消逝有哀伤

沿着大西洋中的一座山峰
密雨打上窗户
八角宝塔江边滚滚
显现的脸庞如春露

风筝其二

　　早餐的时候，透过玻璃
　　我看到一只风筝
　　两座山的峰顶被笼罩着
　　对面的岩壁退得很远

　　肉欲慢慢消散
　　依然之容已无所恨
　　雨珠顺着栅栏滴下
　　闪起微光复又熄灭

　　念断桥摩肩接踵
　　被你牵引，心无所虑也
　　这里陌生的雨雾
　　越压越低浸没了屋顶

　　我们从悬崖下来
　　回到客栈，喘着粗气
　　玉鸟还要在海边飞动
　　山坡上停留稀疏的羊群

明月其三

　　要写下什么，屋外开始大雨
　　我愿意退回到原地
　　观看他手中的蜡烛
　　一步一步，小心地护住火焰

　　停顿是天意
　　若喜若悲，零泪如丝
　　辗转于金陵，临安，吴兴

庙宇内敲钟声含混

明月忽然出现
见你奔向它，我手足无措
一个终身的时刻没能夺取
一棵枯萎的树在海边摇晃

这并不盈满
美犹似置身黑暗里
妄想可以怀抱
为君生出光辉

（选自《江南诗》2021 年第 4 期）

我常常为另一个世界忙碌

/ 代红杰

瘦身

一个男孩——
指着一片松林说：树
指着一簇芍药说：花
指着一条溪流说：水
一个男孩——
指着一尊雕像说：石头

我承认他在牙牙学语
更像是在为这个世界瘦身

柔软

出门十日，阳台上的花枯了三株
分别是文竹、百合、栀子
她们应该是喊过渴的，白天
喊过；晚上，喊过
白天，山中的溪水声太喧哗，我没有听见
晚上，山寺的钟声归零，我没有听见

眼眶里的几滴泪，终究没有落下
它们内疚，自己回来晚了

山中

有时候，你会莫名地感觉
山中的空。很多东西那么遥远
一种没有中心位置的空

你从一座山，到另一座山
你始终在一个最空的地方

这个感觉会让你丧失存在感
强迫你产生赶快离开的想法
你甚至，为一个人的弱小垂手顿足

如果，恰好是日落时分
你会为这次山行，后悔不已

如果这时候，你脑海中
没有一个人，突然蹦了出来
毫无疑问，你已经接近
人世间最没有根的，那一个

金鱼

鱼缸中的金鱼有时多有时少
目前是六条

据说金鱼只有七秒钟的记忆
这对金鱼
这对禁锢它的主人来说真是好消息

我的意思是说

假如金鱼有长久的记忆
它就懂得禁锢
它就诞生痛苦
并学会憎恨

它就会悄悄滋长自由之心
这多么可怕
自由就是力量啊
它就会像一只愤怒的老虎
撞碎我的鱼缸

分地球

地球有两种分法
上下分：南半球、北半球
左右分：东半球、西半球

无论怎么分
半球都像是我眼中的铁锅

奔跑着热腾腾乱糟糟的蚂蚁

诗

门外的世界太大了
大得，走不完、看不完、用不完
也忘不完。声音嘈杂

我常常在屋内，为另一个世界忙碌
一个幻觉的世界
幻觉的世界很安静。只有幼儿和天使说话

迷上了谈恋爱

一段时间
一个青年
迷上了谈恋爱
那时普希金重回汉语
情书飞雪
也约会
印象最深的
出门时他总要拿上一期新杂志
《中国青年》或者《人民文学》
抚摸一下
上衣口袋里的上海铱金钢笔
还在不在场
见面的地点
大家并不陌生
在背景是 80 年代的电影上见过
一般是郊外的林中
或者一条偏僻的小路
附近的公园很少去
要收费的
我的另一个朋友
在不收费的烈士陵园
完成了最后一次恋爱
现在想起来
那种谈恋爱的形式太单一

单一的也是美好的

重返课堂

"人要忠诚于自己年轻时的梦想" [1]
和孩子们相比，我太容易分心
"人要忠诚于自己年轻时的梦想"
它为何在穷途末路之际，击疼我的内心

（选自"无限事"微信公众号 2021 年 8 月 28 日）

---

[1]　出自席勒诗句。

填字游戏

/ 待兔

古城

古城内居住着七千人
多少年来他们目不斜视地过生活
成群结队的闯入者昂着头进去
又垂着头出来
古城的居民不会看他们一眼

古城内人们缓慢地走路
旧自行车和它载着的人一样单薄
家户都开着门过生活
都镇静地在一面危墙下过生活
洞开的一生像墙上许多透视远方的孔洞
水泥电线杆早已密集地插入古城
如今它们每一根都浑身贴满广告
古城内一些隐秘的韵事
像古城内早已生长为一体的石头和树
漫长的夏季，闷热的
水汽久久在原地蒸腾
这种天气
石头和树发霉了
人也快发霉了
食物腐烂在舌头上

传统腐烂在门额上

只有最年轻的孩子不会发霉
古城的孩子赤足在石头路板上跑
他们长大后也不会惧怕穿鞋的人

合适的光线

合适的光线照在脸上是多么重要
最好时时刻刻举着灯或者举着一块太阳
要把双颊灼得透红
害羞时一如平常
饮酒时不改颜色
（太阳的边沿，也同烤山芋一样烫手吗）
要面红耳赤地去收集多种恰当的光线
一根一根，晾在瑕白的墙上……

（……一根一根一根，晾在墙上……

……一根一根一根一根，珠帘不卷……）

我已开灯与关灯多少次
我已晒过足够浓厚的太阳
做完了一生的工作
光线篆刻在我的脸上
亮晶晶的脸膛如一面影绰之墙

下雨天不要打伞

下雨天不要打伞
躲在狭小的花伞下太久，
会长成一朵毒蘑菇

更不要双人各持一伞，
并排走着，头顶异梦
下雨天最好淋些雨
天阴开始逃跑，
跑得总不如乌云快
披着轰轰烈烈的雨奔逃，
暴雨是一件雨衣
蹚着新生长的河流狂奔，
洪水是挪亚的船
湿鞋子沉重，脱掉它们如抛锚
普天下无伞的朋友，
让我们一起在雨中跳舞！

雨打在屋顶上
伞收容一间浴室
洗澡要排队，无太阳即无热水
但我们心地无瑕，爱集体，爱干净，
一起洗冷水澡，凉得轮流尖叫
年轻时，冰凉的水初次浇到头上，
冷得浑身发热，笑得泪颊绯红
普天下无热水的朋友，
让我们一起在冷水淋浴中跳舞！

住进规整的矩形房子里
五面完全是墙，一面完全是窗
暴雨轰鸣的日子，
住在一台雪花屏电视机里
观看闪电，闪电漂亮
观看风雨，不能说是凄风苦雨
这时代哪些节目正在上演？
雷声隆隆滚着，屋顶应声塌落，
我们亲眼所见，古老的瓦萧萧而下

普天下屋漏偏逢连夜雨的朋友，
（比如你，杜甫）
让我们一起在叮叮咚咚的雨中跳舞！

螺歌

白银盘里，一些只能吹奏哀调的青螺
奉到面前，请你挑选几枚
从此吹奏呜嘽的悲歌
东飞西飞，鸟羽如秋天片片凋落
许多年里你为脱发烦恼，为短命忧怅
背海而去，表情干燥而背影潮湿
浪潮随机地吞噬岸、远岸、更远的岸
从前你铁石心肠，如今脏腑已被淋透
日日聆听海的音乐，
也学会了为他者之遭逢落泪
高邈的乐手与你合奏——鼓盆的庄周
正在妻子的尸体旁反叛而歌
拙劣的乐手与你合奏——吹竽的南郭
众人皆哭时他不会不哭
乐手越脆弱，乐器就越坚固
在海的各个方向，合奏之声升起并绕海环行
与内海的波涛交叠成双重旋律

两个陶渊明

清明节
路过一家花店
黄的，白的
簇拥在门前

我建议同伴

买束菊花赠女友
她瞪我一眼
说我心怀鬼胎
可能在害她分手

好心当作驴肝肺
菊花送活人
才浪漫
黄的，白的
温馨的旧贺卡
在生前寄来

于是她买给我
提早献上花
我愉快地
从我的坟墓
伸出手

伤痕小说

像个破坏分子似的
我的书签是一块纱布

那本伤痕累累的小说
我包扎它的每一页
每一粒汉字
像坚果，在绷带下
硌着我的皮肤

我为多少故事痛哭流涕过
收集纸巾团的簸箕，站在房间
阴湿的角落，看着我

我整日躺在我的小床上
与书橱隔着一张薄薄的床板
如芒刺的阅读，过早地
割伤了我的眼和手

我浑身是血
渗入竹席的缝隙，红蜻蜓
凉凉地编织进我的睡眠——
模仿着某位主人公
与它交换衣服
把彼此
穿在身上

填字游戏

在网络不甚流行的年代，
我爱报纸上的填字游戏
一块块空白的方砖，
古老、巨大的金字塔堆积在我面前
搜索引擎还没有成为必需的餐具
人们食欲旺盛，知识浅薄，
乐于向彼此提出问题

那年代，人人心里搁着一些谜
要途经行道旁每一棵高俏的树，
检查树冠里是否藏着谜底
要坐在新华书店的地砖上，
一读一整天。我已到了读书的年纪，
上学，放学，走在路上，
某一天出其不意地和答案相遇
也有些答案一辈子遇不到，

谜语像褐色琥珀包裹在旧报纸里

套圈游戏

寺庙街。夜市。
笼中白兔在等待圈套。
（跳进去，跳进去，跳进圆形镜子
变成克隆爱丽丝！）
缤纷如虹的陷阱四散飞行，银河
涌流，行星们的光环正相互吸引。
（拔萝卜，拔萝卜，拔动罪的头颅
用双手把自己拎起来！）
诡计也四脚离地，具有虚空的形状，
重重叠叠构成树轮，如织如梭地旋转，旋转，
万花尺旋转出繁花，圆圈舞旋转出晕厥
——下半场赛跑途中撞上树桩！
厄运或喜讯降临与否，
白兔仍在白兔的笼中。

跳房子游戏

童年，我挥舞手臂，抛出六面沙包
它落得山高水远
至今，我臂如麒麟，心地笨拙
常因迷路而跋涉
不得不囿于房间，房间内我不停地
走动，踩出房间的范围
从出生起我就住在这里，尘封的祖屋
窗门已被灰烬填满，我将永别旧日子，
不断搬家，如无脚鸟不断迁徙
跳过一间间房子，去捡沙包
单脚双脚扑朔，平衡脑旋转成地球仪

我最早的朋友，从小到大，
我是她们之中最笨拙的一个
她们轻蔑地，教我更灵巧，
我永远学不会
今天她们在哪里？
抛得近的，已站在那处
抛得远的，抛得比死亡更远
六面沙包旋转成一颗骰子，
答案落在哪一面？
跳跃的弧线，悬直的弯路。

（选自公众号"德尔塔镜报"）

树木会长出新叶，冻土年年孕育种子

/ 东涯

在雨声里

一下雨我就想起你
被鸟鸣舍弃的天空就有光闪过
仿佛通灵术的媒介物

我爱你，已经爱到希冀的顶点
这才有一滴雨又一滴雨
从灵魂之巅坠落，带着破碎的珠玑

一场雨的情感色彩
不在于雨滴相遇时所焕发的光辉
以及它所制造的
雨滴廊檐的意境，而是在于

它压下升腾已久的燥气、尘埃
倦意和哀伤
靠近石头的纹理，又用洇湿
模糊了悲欣的边界

藏身在雨声中，我想起卡佛
听雨时的自我发问：
能不能从头再活一遍

犯下一样不可饶恕的错误？

我知道如何作答，也知道
我体念的是什么
在雨声里想起你，这是近乎幸福的事情：
不对悲苦再置一词，天地间
升起无限的宁静

积雪覆盖原野

积雪覆盖原野
风有形，鸟兽无迹

我望向远方，其实望的是刺白
望的是虚空，望的是
隐身于冰雪之间的智者——

青灰的树木枝丫分明
那一抹抹疏影，那永无止境的独白
让冬季的原野有了灵魂

还会有新的雪落下来
这个世界，终归是我不知道的样子
但总有什么值得期待，就像树木
还会长出新叶，冻土年年孕育着种子

就像忏悔滋养着罪愆
而爱情，永不疲倦地滋养着背叛
却仍被孤独的心灵渴望

哦孤独，这被黑暗磨亮的刀子
则用寂冷的光辉滋养着

新的生命在危险中创生

霜降

有什么东西被重力拽下来了
落在梦幻之外的地方

在北方，树叶始于今日变黄
而南方的桂花，香气越来越淡了
一切都在使用告别的句式
一切，都处于力的矛盾之中

引力将海水向月亮耙拢
离心力则将它扫离
那些让我们飞翔的光，暗了下来
那些让心口温热的火
也悄然转凉

当蛰虫咸俯，凝霜压低了星球
一切都将在定律中
沉寂下来，"有爱的故事
也会在爱中寂灭"[1]

但万物生而有翼，如同这凝霜
终将变成一种新的力量
它同时构成宇宙的重量

[1] 出自鲁米诗句。

我所热爱的

树叶红了又黄，落了一地
风一吹就翻卷起来
像你不再爱我时，从我心口飞出的
伤残的蝴蝶，像你转身离去时
带起的一阵风

没有叶子，目光就空了
光秃秃的树木像巨大的伤口等待愈合
是什么让我们走近又分开？
时间缄默不语，但它深谙一切

而这些叶子，可曾想过永恒？
就像我们的爱，我曾经以为那是我能抵达的
最后的远方——
那么遥远，那么亲爱
就像这些叶子，纷至沓来，又渐次而去

我所热爱的，已经越来越少了
渐渐空下来的心，盐渍漫漶，落叶群飞
这是生活赋予我的
一个盛大开始的仪式，在落叶无声中
悄然结束

天鹅

天鹅陆续飞走了，天鹅终究
是要飞走的

水面上，空寂的光影里浮动着天鹅
相爱时以及孤独时的影像

仿佛告诉我们，对于不能彻底抛开现世羁绊的人
每一种存在，都值得铭记

天鹅飞来，又飞去
这必然源于某种神秘力量的引领
源于一种绝对的密契

神秘主义的成功秘诀
在于挫败时间与分别心，而我则
活在神秘主义和存在主义绵延的中间地带
因此我相信，天鹅是会回来的
沿时间的轴线，顶一身风雪

我相信真正的高贵
就在面对哀败千面时的
那一抹微笑里，在不渝的契约精神里——

它意味着平等、自由、信守
正是这种精神，使得天鹅能够终其一生
忍受孤独。也正是这孤独
造就了生命堆积层的厚度

于我而言，天鹅，就是一座醒悟心灵的
埃琉西斯城

海边小屋

人去屋空，看守灯塔的人
化作海边礁石。从一种生命体
到另一种意志的存在
孤独与永恒是最好的语言

海浪不遗余力地扑打着海岸
这被弃绝于世的小屋
装满了海风、雾气、光与暗，以及
湿漉漉的水渍

是谁在这里爬上岸来？
它成为谁的栖荫之地？

礁石不语。暮色像黑海带的气息弥散开来
偶有一两只灰背鸥
带来海上的消息

这有着石墙、灯架、卷曲鱼鳞
和一个残破救生圈的
海边小屋，就像架设在海岸的摄像机

照见了遥远之物的独一显现，照见了
那探向小屋里的
神秘的脸

（选自"卓尔书店"微信公众号 2021 年 6 月 21 日）

泛舟一日

/ 葭苇

一个定义

雨有地契。
降水过程类似于一场
皮肤的食疗。
新闻按时发出刺鼻气味，
区分着日期。

巧妙的爱人，曾在空白地带
让最简单的事物靠近，
让我扮演幼年的我。
暴雨里，我炎热。

安静旺盛，为我复述
幻灭：美好的事物残酷地消失。

借一江

更多沙岛来不及形成
就溃散。你误以为那是风，
千国城，湿的泥
昨天把我降温成沉默。

一条汉港该如何死亡？
当岸线停止向路人兜售风景。
有时候，我也生锈。

变成玻璃的早晨，水流颤动，
船头切进目光去向如斧头，
连同琐碎的桨声
劈。

嗓子极其安静的是那老河长，
白云住在他身上。
他也有一个秘密的计划，比如
只在风波闪转时出现在浪的腹心，
并不过多留恋那本满是水痕的
巡河档案。

世上的我

没有人离我像你那样远，
当春天轻燃的暖意抵达高原。
你所在的此地，并不因距离
而被归为北方。我是说，
某一刻，所有出场
而安静下来的羊群，
使得一切可涉：哈兰，云眼，
情人的哗变。情人的手
再柔软一些，云中就诞生
另一只羔羊。春天的聘礼下达前，
桃树已结出恬然的新娘，不及满山，
但也不会有人笑话她生得瘦。

泛舟一日

只是想把秘密带到湖上，
着地的双脚已攥不住
它跳脱的欲望。
跟着自己的倒影逃亡，却

划着倒桨。时日尚早，
岸边的八重樱，还未
开出火焰，焚烧不了
它水草般腥臊的气息。

密云的镶边精致得像它
最初的底细。在水波揉出的
响动中，一滴湖水轻轻摁住
它不知悔改的热情。

烈日和暴雨，都没有袭来。
泅渡，是一场自欺欺人的
停泊。等一朵游云也想歇歇脚，
就倚着心律不齐的桨声，

落湖而眠。并想起外婆
年轻时采菱角，晃坐于
木盆里，练习的那一种
平衡术。

画廊主人

把家安在云上是质疑天堂的最好办法。
来路是无数面镜子，
没有名字的人会很快抵达。

含有太多雨水的时候，
镜子就被带往异乡。
取一滴放进爱人的耳廓里，
啄痛他。

贪梦的不止白墙，
弱音键大于胆量。
当面冲撞美，总好过
与美互相背叛。

流落画中的一只羊羔，
在你眼里，寻找童年的圆石头和爱抚。
井水将白云轻轻放下，
雨住，我们一起走近村庄。

冬日书

（寄 Z）

北方已经很冷了，
为了取暖，风见着袖口就钻。
冻疮从九十年代的指背蹿回来而手
正捡起童年最柔软的一块橡皮，
擦去弧口月牙儿如擦去太平洋一滴海战。
过天山，你撑起黑伞寻找漂白的脸，
攥紧一百匹马驹新鲜的勇敢。
走西口时月亮酿下葫芦酒正汇成
干净的河流——这河水有人常常喝到天亮。
在你决定抹去味觉之前，我打一只水蜜桃里
偷出桃园，轻叩门环像一次春天的救援。
达里诺尔将湖泥赶回灾年，磨亮蓝天
送回马背上一双眼，舒展我

像舒展一封雪白的家书，入过云后，
每个发烫的字雨都湿不透。

冬鸟

整个冬天的冰压在趾上
双脚通红，与体内的冷相连
挣扎着升腾像在冰面觅食的鸟
——你会以二十岁的死亡定格我的眼神吗？

城市里，街灯仍替下坠的人招摇
道路只有在这时才不弯曲
你不喜欢弯曲，我知道
在草原，风不会搧打迷路的鸟

或许，地平线不存在正反
从那里消失的就会从那里回来
只要我倚着门框，看

如果你仍选择不日启动冬眠
就在我常常绕行的湖
躺平身子，一如镜面
当你与天空交换自己时
我与你交换我

罐头

我，是我的遗址。
掘墓人揣着嘴，消失。
噙于舌尖的饿，看我携带
陡峭。瓮中人，也会摔倒。
果然迷人，新摘的桃：

它途，是末日食材。
不掺冷暖，浸闷在
一罐，立秋的鲜雪。
轻些，再轻些，你吞并
柴垛的手脚，让火痕
将八月撕裂。在早年
生活过的屋子一间，
我，昏瞎数年。但，
会鲜艳。

新生

凌晨两点，
友人递来一则消息。

夜这么静，想必鸟群
已攒下新一天的尖叫。
再老一些，
我就能把五官摆好。

闭眼前那个黄昏，
花的视网膜
早被下血的夕阳烫伤。
恍如五月一个清晨，
你命我守住抖动的泪。

几回，才学会用燃水洗浴？
治疗耳鸣、眼疾和失语。

就来场雪吧。
让悬浮的解药砸中我的脚。
一粒粒，都是这些年

我因你舍弃的好词。

（选自"诗歌杂志"微信公众号 2021 年 9 月 12 日）

在边地看雪

/ 卢 山

在托喀依乡

1

在托喀依乡，夏日无处不在。
桑葚和杏仁如一颗颗耀眼的星辰炸裂枝头。
无数我们所不认识的植物，
忽然从大地深处拔地而起，
惩罚着我们如塔克拉玛干沙漠一般辽阔的无知。

2

牛群在思考，羊群在吃草。
植物们从正午刑满释放的黄昏下
成群结队突破烈日的防线。
星辰高高在上，万物各得其时。
我牵着两岁女儿的手，走向夏日的浓阴。

乌鲁木齐的雪

一摞摞的雪，落在街头
试图掩盖寒冷的真相
更多的雪落下来
压住艰难呼吸的白杨树
和老乡们沉重的帽檐

太阳升起，像一个迟到的钟
广场和绿化道里的雪
融汇成黄色和黑色的溪流
追随地铁口里涌出的行人
匆匆穿越岗亭和红绿灯

高架桥上，冒着热气的汽车
在制造一个清晨的幻术
天山还没有从梦中醒来
几只鹰蹲在超市的楼顶
是这座城市落寞的神

塔里木河的黄昏

此刻，雪山的万丈光芒
覆盖塔里木河面
河水默默推动着石头
流向更远的黄昏
如同命运的气流
把我从江南带到天山
我不知道河流的尽头是什么
一座雪山或者无垠的大漠
将在那里恭候我们？
云朵是众神的宝座
远处的塔里木大桥庄严肃穆
披上了圣洁的光辉
芦苇荡匍匐脚下
谦卑地领取追慕者的晚餐

在边地看雪

雪山在黄昏里傲然耸立
牧羊人家族里一座古老的神
边地的雪如四处游荡的羊群
即使在春天里也丝毫没有松口
仿佛边境哨所漫长的铁栅栏
将疲倦的春风关在了门外
我们握紧把手屏住呼吸
驱车向雪的腹地进发
一次次受阻于这伟大的气流
在一处石房子前，我们下车
置身于一片纯白的风暴中
除了相机的咔嚓声、人群的尖叫声
还有那无数扑面而来的
如天神下凡的——
雪的词根的炸裂声

喊我

十几年来，从我的故乡宿州
一个叫石梁河的地方
流落到天府之国成都
从长江上的望江楼
寄居在江南的宝石山和西湖
我的亲人在天上在地下
在湖底在石头里
在雨水和花朵里
在我呼吸的每一口空气里
喊我
用同一种方言和语调
喊我

仿佛他们无处不在
无所不能
充满了我
成为了我

幼小的神

女儿嚷着要骑上父亲的脖颈
像一个骄傲的女王
她居高临下　俯视着羊群
一只　两只　三只
她不断发出严肃的指令

父亲背负着女儿和落日
穿越一排排骆驼刺和荆棘林
在巨大的盐碱地里挪动

在黄昏的光线里
女儿和羊群
都是我谦卑侍奉的神

大海的馈赠

夜晚，海面成群结队的雾气
像是我们此刻心中盘旋的虚无
关于写作，就是向大海扔石头

半屏大桥下，我们喝酒
吐出坚硬的贝壳和郁结的块垒
月光下，这些黄金的舞蹈

宿泉丰酒店有赠

胃里的啤酒从高潮处退却
一枚疲倦的月亮陷落在海面
我们是一束束奔腾的浪花
被半屏山聚拢
在此刻，又归于平静

写作的漫长之旅，我们偶尔相见
然后又四散离去，那么
大海才是我们永恒的归宿？
在朝向词根的艰难跋涉中
我们能否找到那纯粹的极地之雪？

月光下大海的字节优美跳跃
一艘渔船从远方向我们逼近
轰鸣的声音穿越半屏山的防线
在大海深处命令我们
再一次写下清晨和黎明

半屏大桥遇钓翁

薄雾中见一钓翁，皮肤黝黑
如登陆海岸的石斑鱼
潮湿的气流围绕他
吐出一些大海的泡沫
他一手握住钓竿，另一端的
渔线从大桥上垂下
如细长的雨柱

这数百米的渔线！
一定是一道挤出云层的月光！

波浪翻涌着诗人们的激情
群雾吐出一些货船惊鸣
都不妨碍他端坐
如一块海水里的礁石

仿佛他身体里的意志力
都完全注入这一根细长的渔线
他的律令和想象通过这条导火索
在大海深处煽动一场暴乱
晚风中这时光的传感器
从不弯曲。而迷雾中的事物
往往上钩

大雪，赴东阳

一场雪落在了我们的身后
汽车穿越天气预报，在宝石山的
最后一片雪融为东阳的词根之前
我们举杯，干掉一杯杯静庐的新月
和年轻时代的理想主义

山坡上的院落里，我们谈着诗
和诗歌里的雪。胃里翻滚着
一些在酒桌上夸下的海口
夜色中骨头里的冷更冷
我们如何在夜色降临之前
穿越酒水和雪，找到自己的词根？

当远山向我们展示一片纯白
我们都肃然静默
这个时代，没有什么能带给我们安慰
除了静庐的雪，年轻的雪

阿塔公路，偶遇沙尘暴

边疆盛夏，听不见一声蝉鸣
白花花的盐碱地上，白杨树高大挺拔
云层之上雪山若隐若现
我们听着摇滚乐，直到多浪河的浪花
打翻歌手怀里的吉他
此刻，一道黄色的巨龙腾跃而起
仿佛七月的塔里木河奔涌而来
我们握紧方向盘，跟随头顶的一只雄鹰
向漩涡的中心踩紧油门

宿壹号码头

推开窗户即远山，翻过远山是大海
凌晨的海岛，公路上没有一辆汽车
草叶上几只蚂蚁搬运星辰
海浪的吞吐声里，礁石的咸度
更加深入骨髓

此刻，那些在大排档喝酒的年轻人
身体里涌荡着大海的秉性
码头上空无一人。月光一如往常
大海的背鳍闪闪发光
是一座银色的半屏大桥

（选自《诗刊》2021 年第 11 期）

夜莺

/ 施茂盛

夜莺

我需要语言给我一个崭新的角度
去细看黄昏后一只夜莺的试啼
它的嗓子无端沾满哀伤的粉末
仿佛肖邦的琴谱上那些散落的音符
我知道，它们将化作同一个元音
徐缓解开两颗星辰之间风暴的结
此时夜色涌来，绘出世界少许轮廓
一棵月桂，正在它的香气里停顿
树冠上漫游的尘粒扩展着自我
那些尚未回到身体的灵魂
似乎也在寻找一种合适的语调
今晚，夜莺将被自己的歌喉垂青
为宇宙新谱的乐曲所启蒙
而宇宙，每次赋形又何其相似

诗神

我每天荒废的时光足以喂养另一个人
那少年，他还刚刚从这世界诞生
从未单独有过恬静的生活
也来不及留下任何回忆

我看着他从我用完的身体上走来
仿佛波涛在一个空缺的位子旁停顿
他来到这里，是替代，也是弥补
万有召唤他，给予他足够的天性
而他借此专注于塑造他所心愿的形象
可惜我已不够强大，也无所适从
否则我会问这少年：是什么
在驱使他不断完成，不断出新
像真正的诗神领受着每一个词的使命

四月

灵魂似乎已经认出了它
神思却还在给它元气
而乌有一遍遍打磨它的形状
无明则等着剥它的灵眼
微风轻轻把它鼓起
塞进暮春的整座葱茏
干雷列队滚过旷野
它因此获得普遍的感知
为何一场骤雨使它有了意义
鸟鸣却令它难以作答
是否它还需要落霞和彩虹
在整幅画卷中为它显迹
哦，究竟是什么鞭策着它
仿佛赤子一样混沌初开
它在它的秩序里汇聚
一刻不停地受着引领
在那欢愉如期来临之前
它将完成自己的天性

两岸

只有画中尚未绘出的鸟雀才懂得
每根枯枝将毁于它们内心滂沱的雨水
如果你厌倦了千篇一律的周遭
你也可以像它们一样
等候那个即将到来的你
从嫩叶拱出的穹顶为你显形
有时是从寺院上空塌垮的彩虹
有时还在岁月的锯齿边缘
你看，世界出于需要而恢复
除了身体捕获的微澜经由秋风所赐
那白云早已翻过了灵魂的第二章
我试着从一声啼鸣中飞扑出来
让突然敞开的光影找到我
在这座星宿倒转的密林一侧
每颗微尘都有一个通透的别名
虽然它们由固有的引力汇成潮汐
但每一条经过的歧途都有了分水岭
踟蹰的掘土机仍深陷低落的内心
因为仁慈的念头它放弃了自己
仿佛是位穿行在今天与昨日的邮差
惊觉于岁月遗漏中写就的经典
两岸，你看见的事物瞬息万变
而所有的变幻则出自同一个原因
"看见的事物其实是似乎被看见"

天相

破晓时分，我看见天边涌动的旋涡，
像是被一点点压进了弹簧。
它侧漏的光，组成喷薄的朝霞，

冥冥中应和着我身体的某个机关。

两股清流交汇，如熏风互相吹拂。
银河间经常发生的这些事件，
会令它的潮汐随时可能被卷入黑洞。
而一艘军舰，刚刚驶离蔚蓝港湾。

蓬勃的宇宙向它两端继续拓展，
它内部蕴含的一切因此更加开阔。
一座漂浮的城市露出铁脊背，
在它的边界积雨云像飞离自身的白鹭激荡。

差不多同一时辰，邮差骑星子来访，
捎来隐伏的电磁波浩瀚的消息。
我的身子微微一颤，被一股引力摄住。
它随之在琴弦上钓出我臃肿的魂魄。

微雨仍在域外空间清冽下着，
我感觉那里的生命也在涌出浓雾。
聚拢的脉息开始与我连通，
维护着一颗心脏在星际间快速滑行。

此刻，有巨大的穹顶直抵。
矮子星塌陷的倒影在瞳仁里飘动。
我孤坐屋顶，万籁倒灌，
整个身子蒙受着启示，如披篷般鼓了起来。

雨夜

雨制造我所听不见的寂静
恐怕孤独也是如此
世界在它椭圆的边缘起着褶皱

仿佛凶猛的时间刻下了印痕
我想起骤雨前的楼宇
在铁青的暮色中愈加陡峭
破碎的人群从街角散去
空荡荡的广场更像一只胃
在这孤岛小镇我又看到了它们
可惜再也没什么能把它们填满
一群被光影融解的鸟雀
挣扎着在恢复它们的模样
此时万物正贴着雨声潜行
似乎要在这雨夜里赋形
一切好像都应有所显现
最初是从空虚的身体开始
最后在寂静消殒的自我中结束

圆月

甚至它多余的部分也恰如其分，
但它毕竟拘泥于古有的圆，不敢越雷池。
它得守住自身的虚白，
以此挽住人间玲珑曼妙的疏影。

它愈加饱满，以至于无须赋形，
仿佛是一块自凿的冰赠予了太空。
在它选择正确的轨道上，
它的运行来自公正和恒定。

它常年喂养着一把斧子的悦耳之声，
等待它跃出自身，开启桂花的烂漫史。
一旦它自足的轮廓也被削去，
万有的镜中它将露出一颗莫辨的心。

沿着镜的边缘它溢出并形成决口，
让途经的所有意志收拢在同一模具中。
仿佛这也是我们曾有过的经验：
所有天赋，皆与每个内含的圆有关。

至秋

这一首，要写一写清流吹来枯寂
转凉的词顺势嵌入秋天
猛虎因此折薄，徒留气息
心尖偶露的霜迹，似登高聆听的训诫
而棚架上密集的露珠崩于一刻

要写一写风起始于通透的虚无
写一写虚无的湖面即将被那涟漪重绘
在这徐缓的瞬间
岸上行人从鸟鸣中钓出
世界以隐匿方式出现在早晨的一段斜坡上

那么，就写一写它若缺的一角吧
它含住四面涌来的青丘的轮廓
把一座虚构的庭院带至眼前
一年中总有不知眷顾的那么几天
或许我会从它的泥中掘出一座骨瓮

写一写它吧，这缩如骨瓮的身体
它像灵魂的一个远方
披着霞光，抵近自己的源头
还要写一写这灵魂遇见乌云便有了边界
镜中裂隙里它正拱出铁青的脊背

朗诵

细草间有一小块遗漏的阳光
在自己的阴影里辗转游移
风驻足于此，绘出斜坡的边界
仿佛造化触摸到了它虚无的存在
我只是一只飞鸟来不及飞走的化身
以为在鸣叫里会被人认出
在一整天的梦境中
徐缓释放关闭的身体
或许周遭都在寻找一个听者
用古典的语调让它降落下来
我看见失语的那位
从斜坡走到我们中间
他像刚刚被他的思想惊醒
顺应着诗意瞬间的神启
当暮色让我们的脸更加热烈
弥漫的浓雾已像猛兽横卧两岸
有多少还可以的朗诵不再继续
犹如这首诗已无需时光的眷顾
在缪斯俯身凝视我们的那一刻
我们，似乎早已被彼此引领

（选自《扬子江》2021 年第 6 期）

少女幻想录

/ 王彤乐

听我说

我们不等雪了，姐姐。听我说
其实暴雨来时也可爱
世界因此而变得危险，你跨过门槛
成为春日唯一一朵被蜜蜂
吸食花蜜的刺槐。浓烈胜过所有的雪

握住你的手。屋顶的瓦片摇摇欲坠
你寄来风筝，种子，与白色的烟花棒
我在秦岭以北许愿你日日晴朗
想到有一日我们在月下进行着猜谜游戏
冰凉的石凳上摆着盛满槐花的小碗

今天才想告诉你，姐姐
那是你身体结出的花

少女幻想录

她身上无人问津的小山
野兽和杂草一起生长。此刻躺在浴缸里
她是鱼的礁石，坚硬而毫不退让
哗啦啦，一个星球转过身去

夜莺罹患重病的妻子，还在叩她的门

整日游戏后，萤火铁盒已破旧不堪
她长在花苞里，突然想念
那个长相怪异的外星人。小飞碟降落在
玻璃瓶里的星空海，该送去修理铺
瞧一瞧啦，被花花草草缠绕

可她已经爱够了人类。并因此
患上了夜游症，有时作为冰箱为路人
提供苹果与水，有时是地球仪被任意转动
这个城市的角角落落她都去过了

尽情地养猫，吃薯片也不会胖
一些梦已经发射，一些梦还没有做完

阿婆，或我们的下午

阿婆拿来苹果。我想起她手挽藤木篮的样子
在闹哄哄的集市回头张望
小院里兔子在吃草，绿色翅膀的昆虫
飞啊飞，最终停留在一朵廉价的塑料花上
太阳将我们小小的小欢愉无限放大
阿婆洗过的衣服被风吹出醋甜的味道

亮如水晶。她撩起衣角擦脸时
把黯掉的云朵又掀远了一点，这时风
吹响我们的水晶门帘
阿婆认真地擦拭着老旧的衣柜，拿出她
伴着煤油灯与缝纫机赶制而出的外套
起风了。就要离开这温软的下午

她攥着我的手腕，紧紧地。车子慢慢往前开
她祈求似的递来点心与成袋蔬果
昏鸦飞绕的夕阳一点点吞噬掉我们的下午
岁月的浪盖过岁月的沙，如此清澈。

（选自《星星》2021 年第 7 期）

无所思

／ 武强华

无所思

他去芦苇荡钓鱼，彻夜未归
几次想打电话，想想又止
偌大的天地，夜色笼罩
虫鸣，蛙叫，水流，人静
一个男人可以在夜色里称王
由他去吧

杏花开了

四月清晨的一场雨
落在山顶就成了雪
抬头远望，云遮雾绕的仙境
和湿透的现实生活之间
只隔着一层薄薄的迷雾

杏花开了
他们要去郊外看风景
熙攘的人群中
你沉默着
像一只北极熊，固执地
保持着一种濒临灭绝的白

巨石

如果石头里面有一间房子
该有浸骨的清凉
但我们根本无法进去。黑色
本身代表着一种拒绝，即使
里面空空如也，即使
整个山坡荒凉得
像一座遗弃的宫殿
烈日下，我们也只能站在石头表面
接受阳光的拷问。把坚硬的思想
从我们头脑里驱逐出去

这些天外来客
散落在山坡上
从来没有征服过什么。但我们
总是幻想着一种亲密
能够把我们和宇宙
连接在一起

阳光照在废墟上

阳光割开了两个世界
明亮的一面，三个孩子
在水洼边玩泥巴
红色黄色和绿色的衣服
使阳光也散发着糖果的味道

另一面，间隔不到一米
高楼遮挡的阴影
压着废品收购站凌乱的小山包

生活的旧物，被时间
遗弃在了不起眼的小角落

简易的工棚里
饭菜的香味已经飘出来了
年轻的母亲在一遍遍呼唤
孩子们却依然乐不思蜀
泥巴真有趣啊。我舍不得离开
七楼的窗口。太阳也舍不得
移动太快

反方向

忘记关水龙头，烧干茶壶，忘冲马桶
刚刚吃过的药又吃一遍
每日两次去保健品店
买回各种无用但价格昂贵的保健药物
你有急事他们却忘带手机联系不上
你忍不住发脾气，但
随之而来的自责更让你沮丧
他们松动的牙齿已嚼不动牛肉
你饿，却难以下咽，食不甘味
递给他们美味的同时
你又陷入对高血压和糖尿病的双重焦虑
你不知道什么时候互换了角色
他们渐渐成为你的孩子
面对镜子，你几乎对自己的晚年
失去了信心。你每天的必修课
就是保持耐心练习微笑
尽量把他们引向时间的反方向

（选自《星星》2021 年第 8 期）

海岛生活图鉴

/ 周钰淇

芙蓉隧道涂鸦观察报告

无数次当我走过芙蓉隧道
墙上总会出现几处崭新的涂鸦
那些被墙缝割裂的愿望
缝合着过去时态：
久到我们已经遗忘
涂鸦墙里曾住着一具雪白的肉体
依稀能够听见它年迈的肉身
朝着过期的美好发出微弱的颤音——
但人们却对崭新的事物充满好感：
静坐在星期一下午的花
让我臣服她新鲜的美
早晨对着镜子洗脸刷牙
我的影子是新的
与昨天的此刻相比
我却苍老了二十四个小时
我该努力思考如何保持新鲜
否则，我对影子说出的每一句"我爱你"
都将成为过去分词

流浪相对论

邮局门口站着绿色邮筒
工人正在砍伐路边的树。
它们沉重的身体被
慢慢装上皮卡：
不久之后它们将成为木头——
失忆或者去向山谷
身体不再是从前的身体
心脏分裂成独立的跳跃。
若干年后当我脱离少年皮囊
随着船舵登上木质甲板。我定会
数数它们身上的年轮和刮痕。
海是属于天空的镜面
蒲公英般点缀了
几片绿色的清透的树叶
想要变成深邃的蓝就得不断下沉
若有幸与它们相认
我定会替现在的自己确认
阳光和海水还有木头交织的气味
问问它们是否
在忍受过深海的沉默之后
后悔没有如当年的邮筒
保持安静

音色赏析指导手册

连日的雨淋湿下班时刻
我穿过泛滥的汽车轰鸣奔赴
小外甥第一次登台表演
他用玻璃瓶里的水敲击出
高低错落的小星星

手里的棒槌和瓶口边缘

偶尔摩擦出夜的爆破音

无须苛责此时的他

是正在北迁的象群

准备穿越边境

不对，他更困难些

他只身站在台上

无数个夜晚即将从这个晚上启程

但无须惊慌

温柔地对视会带他越过

崎岖山路，慢慢学习

如何成为自由的豹子

为自己加冕皇冠

而不被满地石子割伤脚踝

不信你听，棒槌和瓶口再次

轻轻划过夜的喉头。这次

只发出了微弱短促的

气泡音

雨形穿梭机

小时候父亲开车

母亲就坐在他身边

我坐在后座

那时还住旧屋

我刚出生不久

他们一群好友时常相聚在天台

烧烤、唱歌、搓麻将

等月亮睡去

等太阳醒来

下雨就一起躲进屋内

累了就在家里的客房休息

现在，窗外正在下雨
母亲坐在父亲身边
我坐在后座
驱车前往雨的深处
要去参加他们老友孩子的婚礼
雨和雨之间
一晃已经过了二十多年

缄默演绎法

枇杷是时候熟了
让我想起那朵黄昏浸染的玫瑰
我们常在饭后散步
当然这并不重要
重要的是行至拐角的栅栏前
总是有种必须保持缄默的言说
试图融入她乌黑长顺的头发
她消瘦的身子并不坚信
爱是我们在出生前
就学会的语言
在无数个临睡时分
我坚信她询问过梳妆台前的镜子
然后在镜子亮出答案的时候
下意识遮掩某种联系
邻居透过玻璃窗
窥见我们上锁的牙臼
在暗处火热

光明学概论

他走了很远很远的路才抛下远山
穿过密林小跑进入橙色的夕阳

与黄昏呈线性相关。
在乡村图书馆查阅过许多文献：
蒙尘的旧事
以很重很重的口吻拉开窗帘：历史
在某个特定的时间点
难免落枕。歪着脖子面对雨的参差。
文献却并未告诉他：城市交杂着
模糊的偏值和峰度。
于是他设想当窄门打开
能够抵达光明草地。
飞快地，假设检验分析出结果：
屋里布艺沙发凹陷进去的部分
是城市深处难得平坦的乡村
只有到那时
城市的雨才能和乡村的躯干
呈现朦胧柔和微弱的
标准正态分布

少年归途回忆录

我走的那天
母亲眼睛里下的那场暴雨
差点诱发洪涝
或许是我从床上跳下来
正好挡住她为我整理行李时
落到木地板上的霞光
引来乌云遮蔽视线
也有可能是
被箱子里的几瓶老干妈
呛红双眼
雨才来得如此湍急
这些年

每个礼拜和她视频

有些慌乱的宿舍

没有尽头的文献

以及寡淡的食物

都藏在她目光无法触及之处

当然也包括冗长的夜晚

我数过的羊

可惜，除了身上湿冷的霜和

干燥清瘦的日常

最终什么都没有为她带回

但是我知道她依然会

为我的雪夜重新燃起壁炉

船长带来快要靠岸的消息

今日的天气和我走的那天不同

无人问津的港口开满野花

海面平静得

像没有云朵打扰的天空

仙人掌美学笔记

经过小山坡和木栈道拜访赤道边缘。

仙人球守卫在清冷路口：蚊子

在低处扑打翅膀盘旋于我的脚踝

面对难得的美味

它们必须低头。园区中心

有许多女生站在挺拔苗条的仙人掌面前

表达对美的认知。（如今已非盛唐）

植物链观察发现：越瘦高的仙人掌

拥有越少的刺（疑似罹患地中海贫血）

我并不是一个传统的人但我卑微。

绕开仙人球朝那群女孩走去。

并无恶意。我承认

它们身上密集的刺令人生畏。
或许从前并不是这样
沙漠的心脏在离开家之前也充满斗志
我宁愿相信它们
只是为了避免和蚊子相爱的可能

现代博物馆档案

欢迎来到现代博物馆
请大家先注意左边投屏放映的历史：
那是第一次见面。下午茶时间
快速翻阅菜单。上面详细记录
双方的身高、血型、学历、资产情况。
她谈及工作不敢
向同事解释假期的去处
怕闲话如细菌滋生
谈及未来，关于她的男孩
市中心至少应有学区房和一辆代步车
工作稳定，闲时能带她出国去
偷几朵苏格兰玫瑰。
一杯咖啡结束他们
已经聊到聘礼：
与冰箱彩电缝纫机无关。
现在把目光移到右边——
婚后他们和父母分开住
她开始抱怨丈夫经常出差
不在乎她的辛苦
特别是生小孩后
教育分歧横在这对新婚夫妇之间
他们开始因为小事而发生争吵
双人床由于地壳变动
开始形成很深的沟壑。

那时候他们刚结婚不久
脾气暴躁亟待磨合
而如今她已无暇顾及
花园里的蝴蝶
飞进别人的庭院

（选自《芙蓉》2021 年第 6 期）

程春利《怀念之一》
材质：纸板本
33cm × 66cm
2013 年

《春的怀抱》诗选

/ 康宇辰

山远水长

或许你并不知道，在冬日冰封的
水下，仍有河流呼应着河流
在我们的语言大树飘零以后
仍有那些雄浑的器皿，即使破弃
也不曾消失。山的横陈、水的
婉曲，是两道菜端上永恒的餐桌
而我血中的海水，和你一样是咸
我有过太阳般耀眼的瞬间，只因
在太阳正中有你的冰万古含愁
我攥紧每一个日子只因你是燃料
而坦白的是我的不安，被催动
爱使我们丰富而不稳，只有小贩
贩卖微笑的胡萝卜，因而知道血泪
的蒸腾，如何花一年冷凝成地果
我们看到的，都呼应看不到的
一条低洼的、富饶而危险的尼罗河
成了大地的神启。季候轮转
那送不走的人生的浑浊，就归为
宇宙的元素，构成你也构成我

理由

他的生活像迁徙的鸟，一个社会学家无法采集
他已拥有天空，却入伙烂尾的大地
间或写下一个词，给我温暖的冰

是什么让我说了又说，写了又写，绝望于
一生也无法穷尽这汉族的语言
只为了定格他的存在

最幽暗的河，点亮我们共同的视力
树洞不足以忏悔，宇宙的罐子
容纳促使人际关联的酶

他拔下插头，地狱里灯火通明
而如果这些都还不够，那么他的缺席本身
同样构成我挚爱的理由

画眉

每次对镜施朱
总会看自己的眉毛
没有描过的。虽然母亲说
眉毛很好，可以不用

再有人工。所以你只是直愣愣
抹粉底，涂口红，仿佛一种信仰
需要用雕凿来成型
用镜子装满春天，呈给

另一个人。我改变太多
年年只觉得从前难为情的红色

仿佛门票上盖了红戳
不甚熟练，但亦可通过美的海关

并由此展望未来：未来汪洋。
在秋天出门时，甚至走入策兰的巴黎
成府路密不透风的高楼间
有没有一只画眉，衔走绰约的火焰

也许

也许我们做过的好梦都会醒来，
山峦不曾动过，城市秩序井然。
也许我们搬不动前路最小的石头，
人生总有那种为高亢买单的时候。

我走在落日大道，我也想画下：
我们的天是晴朗的天。冬天里
除非发明一座房屋，心上人彼此
都没有去处。也许蓝天洗净，

也许阳光温存，温存如我想象
能替你拂去眼中的灰尘和阴翳。
世界已经上了发条，上了闹钟，
那造物的白昼，我们必然服从。

也许温柔的不过是心灵的债务，
也许我们书写仅仅诓住了自己。
在变迁风光中让人迷路的年龄，
你是云彩变幻，成为风雨如晦。

秋光里

到满眼秋光的城市找一个地方，
愉快的地方，闭上眼就能忘记生平的
地方。女孩们在星巴克里聊闲天，
说到华西医院的产护女生介绍给谁，
你略略了解成都种种鄙视链顶端。

一个新老师，有生活的决绝与热，
有九十年代生人的盛年元气，她在
芙蓉树的花枝下构思一些断舍离。
人间的草木都有自己的时候，我却飘
荡在宇宙的浓荫下，演了四大皆空。

到满眼秋光的宇宙找一个地方，
美丽的永恒的地方，去履行人生的
经营。然而她惊起，回头，纵使有恨
也是不适宜倾吐的。人潮在地铁站
涌上来时，她只沉底做了愁绪的盈余。

北方

他们的看法都是对的，
因为都是真的。他们的聚合
是广大的森林，藏着幽暗的心。

她觉得离那个山美水美的乌托邦
已经好远了。写诗的姐姐
教她得体地去写，那些富饶的矿
属于他人的，都是她的核供能。

她有一个朋友在北方，教会她

数不清的桥和路。他的万能
让她无能，但她不想是辉煌的旁注。
她在成都小心地开花，开锁，开大小会，
一个卞之琳忍受过的亏空是
多么丰富。在蜀地她尝试重新选择，
排布，倾听那些文化心灵以外的调子
却总有无法搬动的怅惘能量。

昨天，一个学术拒稿辉耀了时代，
她想变成没有用的人。她想人要活着
需要的土地并不多，但是，
但是，她更想在辉煌的夏天找回所有失去。
那些强大的诗人是可能的吗？每个人含着
自己的故事，故事里的伤口和灰烬
但终于学会了潇洒和一挥手。她想站在
和他们并排的地方，站成石头森林
但是记得，还有一个朋友在北方，
她回望，要梳理一条回家路。

（选自康宇辰诗集《春的怀抱》，长江文艺出版社 2021 年 11 月版）

《奇迹》诗选

/ 李浩

雪

　　雪花从空中飘来，落在我的脸上，
安静地融化。从雪花飘落的
寂静里，我触摸到了雪的孤独。
我站在雪中，将自己雕成时间的雪人。
我站在雪中，阻止大雪把你活埋。
你知道的，"这一切，是那么多余，
多余的，叫人相信死"。可是，
我还是迷信爱。我孤身一人走到
夜晚的尽头，这路程多像森林！

山中行

　　从京珠高速公路上，飞过的是一群麻雀。
那些黑压压的　喊喊喳喳的　麻雀
心目中满是无边的自豪，翅膀闪烁着

霸占山河之气魄。那些以游牧为生的
公民，居无定所的族类，于空中的姿势
多么像暴雨前密布的乌云——巨大的力。

挽歌

我的身上，浮动片片枯草，
我的视力，是玻璃的视力。
我们逃脱不掉：风沙的笼罩，一束禾
与秋风中沉睡的砍刀。所以，
我旅居夜空，想念我的萤火。请原谅，
那些书信，大火已经收到。因此，
请你们放心大胆地去活，我身上还有足够的土壤，
埋葬心灵上，狂躁的欲望。可是，
你们也要相信衰老，相信颂歌，别像孩子那样，
安慰我睡觉，掠夺我开满鲜花的手。
因为在酒精里，我更能清晰地意识到——
我那大耗不安的魂魄，在夜树里，
带着我少年的咳嗽动荡。当我关掉手机，
是谁挖去了，画布上的眼睛，
在卧室的，墙壁上。

奥德修斯之旅

树叶都在往下滑落。神的肤色因风忧郁，
鲜活。我因此爱上了青铜器，
并且，存在于——我向上的意志。
我的世界是一道窄门。于是我观摩手镜。

我因终结之物的居所，坠入镜子凹陷的
金银。天上回响死亡、神灵和虫洞。
我打乱月光的耳朵。一只女吸血鬼，
从镜子里，无头的躯体，一直扑向山下雪地。

少女葬礼

你让我的爱，慰藉哭泣的母亲。
你让我的爱，目睹光的影子，

像一条云蛇那样，缓缓吞下
喉咙里的青石。那无法治愈的，

你的血液，仿佛荒野的石碑上
湿淋淋的地名。穿过晨烟的光芒，

使我眼前的月季花，在灌木中，
被血癌遗忘——那宽大睡衣的，

那黑夜的，祖母绿的吞噬能力，
驱使我穷尽白色墓地上的花蕊。

复活节

医生说：满树的石榴，
已长出部分的脸
和手。我靠窗坐在楼梯口，
心跳声，对着群山。

树林里，燕山的南方
蝉鸣，好像雪中的
儿童。但是时间，没有边界，
磨出许多锋利的

剑刃，在我们的身体里，
堆积万道雪光。
当酒精，麻醉体内的

正午之时，我放慢了

夜行。我带上时间，我的棺材、疾病的
性格和身上的月光，
举起斧头，噢：一片雪白的
大眼睛，安静地出神。

紫薇赋

仰望起初始于大雁。耳朵里贯穿翅膀，
贯穿苍凉夜色。一条绳索，从明亮的
场所露在井口边缘。不完全的瓷盘，仍然
带着晨气，从一个站点到同一个站点。

行走逆反，深渊逐渐叠加。一只蜗牛，
在脊椎骨上托起自己的刺，当它抱住
一艘船。成块成块的冰，顷刻消融。
倘若那是我们的肉身，倘若免去喜悦，

兜里预备的支点。我信赖的人，不能将
真理保持到现在。白银的光，从眼前
忽闪而过；我们的世界，也因此变得
多了起来。批量的破碎感，无一例外。

不可认为的事件被翻阅出来如波涛打来
打去。在过往的潮水中，漠视对准名字。
湖畔的紫薇站稳磐石，握紧拳头，举出
头顶。风吞下宁静，他们如百姓般做工。

葬礼

我跟在火把的后面奔跑，

被举起火把的人淹没。
我不知道他们在干什么，
我不知道他们为什么哭。
我在所有人的后面，看着一群火把，
将你带到不再属于我的世界。
因此，我错过了田埂上
秋天的草。我憎恨，你脚掌下的
青石，不再是泥塘的舌。
我把手伸进结冰的天穹，
请允许倒映稀星的水，给我回音，
给我羞耻的心。我在月光下寻找你，
在星空中寻找你，你是黑夜里驮着火光的流星
拥向我洗礼我的眼睛。

在诗里

我是一块烧红的铁
至今热爱水塘
风一吹就对我微笑的水塘啊
就像开满大树的梨花
我沿着祖先的手和肩膀
我摸着淮河的裙子
我征服水

一再地

一再地　我将手紧贴心脏。
鹭鸶　一再地　隐匿在稻田里。

长久静立之后，我仰望秋风
和秋风里的水域。一再地，夜空下的光虫，
安静地起飞，安静地降落。

我试图改变鸟的翅膀，江河上的堤坝，
种族的绝望——夜空照不进历史。

我的心被这个上升的夏天，和众多的星辰，
掌管着——最美的花里，藏着

冰凉的剪刀。我深知智慧就在我们脚下的经纬上，你走近他，
你便会成为幸福的盲人。

在这天命的形式里，你将走完夜的行程。

旅人

楼梯有时候把你带进虚无的心脏，
有时候它会把你送往出口。
我们：重复行走，反复出门。
我没有觉得自己在与虚无堆砌砖头。
在我的上空，总是有蒲公英
飞向白云；而珞珈山上，总有
一只鸟在傍晚和清晨，对着
我的窗口唱歌。这是飞向我的鸟。
生活给了我太多的恩赐，
我的世界，存活于启示之中。
我是一个稻草人，但是只有上帝知道，
"我赋有人类未知的灵魂。"那马上
进入黑夜的落日，好像大海口中的礁石；
我们也会被吞没，晚霞形似铅锤，
唯有似鸟非鸟的蝙蝠在祈福。

（选自李浩诗集《奇迹》，长江文艺出版社 2021 年 9 月版）

《下南洋》诗选

/ 杨碧薇

傍晚乘车从文昌回海口

桉树提着绉纱裤管走出剧场
坐在东海岸的锁骨上
《燕尾蝶》与树林的光条平行闪耀
固力果的情歌与明暗贴面
如果让视线持续北眺,过琼州海峡
就会看到雷州半岛的鬓影华灯
但那边与我何干呢
整个大陆,不过是小灵魂的茫茫异乡
此时我体内,太平洋的汐流正在为暮色扩充体量
海口依然遥远,我的船快要来了
水手们神色微倦,空酒瓶在船舱里叮当
擦拭过天空的帆是半旧的
甲板上堆满紫玫瑰色的光

大象之死

越来越跟不上它们的脚步了。
我该在清溪边歇歇,假装饮水,实则扪心回忆:
这一生,是否尝过疯狂的蜂蜜?
如果没有,
还可用想象补给。今年雨季以来,

似曾相识的未知渐渐贴满了我的血肉，
像远方归来的游子，
坐在秋千上，哼唱我在母腹里听过的谣曲。

那歌声弥合太初与苍老，欢迎一种限度。
永恒早已发脆变轻，它其实并不重要；
而激情消散的速度总令我惊讶，
厌倦，则比希望多出
关键的一毫克。

我唯一的心愿不过是：死在我的诞生地。
人类的无知抹脏了地球；
热带雨林，我秘密的孤儿院，
还保持体面的干净。
我懂得它无限的丰饶和伤悲。
让我再看一次湄公河上的夕阳，然后找一个
小得仅够容纳我平淡一生的洞穴，
就在那里躺下，
做满天星斗的梦。在梦里重新生长，
带着我的骨，我的牙，我的笑，
羽化为雨林的基因。

牛车水

水气浸湿人群。
风，吻过胡姬花，又揉洗我盖满红唇的超短裙。
似曾相识的热情，摇着繁盛肉身，
搭乘跨国火车，南下，赴我沉寂之丘，
开垦一片蓝莓地。

我掌灯而立，目所触之夜色，
在肉骨茶的鼎沸中，酥软了玻璃的质感。

我想在汉语里完成的路，
又一次，在这个低仿的故乡，
被新茶泼下的软骨拦断。

我已能平心静气地接受无路可去，
唯恐夕死而朝闻道，不甘。
走了这么久，没得到半个故园。
丢掉的故乡，却已被新来的他乡人改写。
牛车水啊，在你陌生的身段里，
我的凉鞋游满浮萍。

雪夜永恒

直到雪花织成了银丝网
我们仍骑着摩托车漫游昭通城
我的手搁在你衣兜内，头靠在你背上
紧贴你起伏的田野，我眼前胶片蔓延　卷卷倾斜
街衢空荡，路灯向琼苞深处张望
零落的背影匆忙回家
我们有家不归，只想就这么依偎
就这么云中航行虚掷一生

真好啊，抹除语言的世界，唯有皎洁与你我无垠
我的彝族男孩，你的金色耳环迎风摇晃
和你整个人一样，痛饮高原的圣光
真好啊，十七岁
一小时前我们还在锆石的星空下亲吻
一小时后我们将去小酒馆烤火听摇滚
真的好，清酒酿的爱情
它同时带来最柔软的，最悲剧的
以及杯中的烟花
让我们身处其间而浑然不知

纷飞多年，那一夜的甜还流连我舌尖

渐次

站在藏经阁围栏边
安福寺的一角房檐正翘指拈起黄昏
它前面几树繁花自顾潋滟
再往前是屋舍铺开
再往前是院落以旷寂对话世界

那院中有隐约风铃声向我拨来
它携手白鸽之缓步、风中之尘埃
于稳健深处发一声空响
当这一切的善意临到围栏外
我扣手直立，体内执念如春色堆积

故乡

那一刻独属于你：
你翘起指尖，一点点揭开天空的金箔纸，
抿到黄昏刚出笼的草莓心。
之后，整个夏季被加封透明的唇印，
广播唱词击中另外的少年，
护城河畔荒草淋漓，鸽群飞进了时光的抽屉。

总会有时因自由而苍茫，
总会有时因辽阔而悲伤。
总会有时，北方冬夜的琴套抖不出一颗星辰，
那一刻就涌来，轻敲梦之门。
河山万里，轻舟如梭，
你手持钻杖回归褴褛。

大补山村印象

　　它知道青翠的就要恣肆，雪白的就要无邪
　　湖有了桥才生顾盼，荷塘还须配点淡香
　　当然喽，椰子应有椰子的窈窕
　　榕树亦有榕树的正道
　　哦，这闺阁中的小桃源
　　它还深知云朵只对着干净的大地照镜子
　　抽象的幸福要经生活的热汤
　　方能熬出盐味
　　而山水，将带给我们更大的满足
　　最终，美的繁复归于美的素朴

（选自杨碧薇诗集《下南洋》，长江文艺出版社 2021 年 9 月版）

《一个走在途中的人》诗选

/ 麦豆

散步

有的叶子在变黄，飘落
更多的叶子在烈日下打着卷，
缺水，但还要顽强活下去。
无数次沿途摘下一片叶子
出于顺手，也许是无聊
没有想到自己在杀戮
午饭后，一边绕湖转圈
一边想着逝去的生活和人
有那么一个瞬间，感觉自己
被自己向上拉了一把
但迅即又被放弃，不远处
一只乌鸫正在草丛中觅食
我决定停下脚步
不去惊扰它
做一件力所能及、眼前想做的事
——散步的快乐
总是让我沉溺于反思恶的旋涡
而忽略起于天际的秋风
正在带走一切

离家出走

就是想出去走走
到无人的河边，到无人的假期里的学校操场上
随便走走。
路边的园林工
正踩着松木梯子，在高处修剪法桐
开车的行人笑着把车停下
挪走挡道的树枝。
路边的兰花已经盛开
叫不出它的名字——
仔细看，居然有一只七星瓢虫在其间散步
三月就要来了——
我还穿着厚厚的毛绒裤
躲在书房里写诗
——真应该
离家出走一次

晚归

坡上的那些树，一律倾斜着身子
沉重的枝条垂向地面

是下午那场我没有亲临的暴雨
……使它们触动了我的心

它们黑暗的根部仿佛有一双眼睛
——危险，可是此刻我想说出的词？

它们倾斜着身子，倾向尘世这一边
像是对人类的一种同情

风没有让事情发生

在儿子发现一只黑白相间的流浪猫之后
我停下写作，陪他站到落地窗前
在猫的前方，不远处
我们又发现了一群低头觅食的鹌鹑（也许是野鸭）
羽毛的颜色几乎与泥土一致
就像一群活的泥塑
大自然的奇迹
两岁的儿子盯着它们看。
阳光很好，各自捕食的画面很美
我知道将要发生什么
但是一阵风
让其中一只鹌鹑抬了抬头
接着，它飞走了
接着，另一只飞走了
一只跟着一只飞走了
猫，转身，缓缓，离开
接着，儿子转身，寻找他的小汽车
我，继续写作
风没有让事情发生

初春的午夜

今晚，我们陌生的邻居
和他的朋友们
又喝多了

时钟敲响十二点
他们竟开怀大笑起来
让我无端烦恼

可能已习惯夜深人静
自去年冬天以来
我们几乎已足不出户……

熄灯睡觉之前
我要告诉你们这个消息
快乐正折磨着我

城市中央

我们去操场看他们打篮球
我们去小广场看她们跳舞

孩子在长大
母亲在衰老

我们在海的中央
从一个孤岛划向另一个孤岛

暮色渐浓
晚风吹拂

那只羊

在山中，那个燥热的午后
我们遇见那只卖奶为生的母羊

那是一只毛色暗黄，有些肮脏
但拥有粉红色鼓胀乳房的母羊

它被拴在一棵长着刺的槐树上

一会儿顺时针走上十步
一会儿又逆时针走十步

偶尔，它会拉直脖子上的套绳
径直朝前走上十步
站在边界处望着你

（选自麦豆《一个走在途中的人》，长江文艺出版社 2021 年 11 月版）

布劳提根诗选

/ 布劳提根　著

/ 肖水　陈汐　译

橘子

哦，死亡多么精准地
计算出一阵橘红色的风，
它从你的脚下升起，

你停下来，死在
一片果园。那里，收获
充盈整个星空。

情诗

太好了
在清晨醒来
一个人
不必在已经
不爱的时候
跟谁说
我爱你。

热病纪念碑

我步行穿过公园，走向热病纪念碑。

它在一座玻璃广场的中央，
被红花和喷泉环绕。纪念碑
是海马的形状，金属薄板上写着：
我们变热，然后死去。

你的鲇鱼朋友

如果我注定像一条鲇鱼
在池底
度过一生
骨瘦如柴，还有很多腮须
如果你在某个夜晚
　　　来到池边
当月光照亮
我黑暗的家
你站在那儿，在爱情的
　　　边缘
心里想："这池塘
真美。我多希望
　　　有谁爱过我。"
我愿意爱你并做你的鲇鱼
朋友，将孤独从你心头驱除
你将立刻感到
　　　平静
并问自己："这个池塘里
会不会有鲇鱼？
对鲇鱼来说，
这是个好地方。"

九种事物

那是晚上

一种有限的美丽
在云中消逝，

与一棵树的枝条
开心地笑，

咯咯咯，

与一只死去的风筝
跳暗影之舞，

从落叶那里
骗取感动，

也认得其他
四种事物。

其中之一是
你头发的颜色。

卡夫卡的帽子

雨水
敲打着屋顶，
像一场外科手术。
这时我吃掉了一碟冰激凌
它像卡夫卡的帽子

那是一碟尝起来
像手术台一样的冰激凌
病人就躺在上面

仰望着
天花板

情人

我改变了她的卧室：
将天花板抬高了四英尺，
丢了她所有的东西
（以及她生活里的杂乱）
墙刷白，
在房间里
添置了一种美妙的平静，
一种几乎带着香味的沉默。
将她放在一张铺着白缎床罩的
软黄铜床上，
然后我站在门口
看着她睡着，身体蜷作一团，
她的脸朝那边，
背对我

我生活在二十世纪

给玛西娅

我生活在二十世纪，
你就躺在我的身边。你
睡着的时候，并不快乐。
对此我无能为力。
我感到无助。你的脸庞
是那么美丽，我忍不住不去
赞美它，但我没有办法
让你睡着的时候
　　也感到快乐。

11 月 3 日

我坐在咖啡馆里
喝着可乐。

一只苍蝇正安睡在
一张餐巾纸上。

我必须叫醒它，
这样我才能擦眼镜。

有个漂亮女孩我想看清楚。

啊，完美的测量

1888 年 8 月 25 日，星期六，下午 5 点 20 分
就是这张照片的名字：
两位老妇人，在一座白房子的
前院里。其中一位
坐在一张椅子上，她膝上有一只狗。
另一位在看着
一些花。可能，她们都很
快乐，但接着就是 1888 年 8 月 25 日，
星期六，下午 5 点 21 分，一切都结束了。

"她从不取下她的手表"之诗

因为你的身上
总戴着一只腕表。自然，
我会把你当作
　　精确的时间：

你金色的长发在 8 点 03 分，
有节奏闪动的乳房在
11 点 17 分，
你如玫瑰色猫叫的微笑在 5 点 30 分，
　我知道我是对的。

去英国

没有邮票，能将信件
送回三个世纪前的英国，
没有邮票，能让信件
回到尚未被盗的墓中，
而约翰·多恩站在窗边，向外望去，
四月的早晨刚开始下雨，
鸟群落进树里，
像棋子掉入一场尚未开始的棋局，
约翰·多恩看见邮递员沿着街道走来，
他走得特别小心，因为他的手杖
是玻璃做的。

第一场冬雪

啊，美丽的姑娘，你的灵魂
进错了身体。那多余的二十磅肉
像一块劣质花毯
悬挂在你哺乳动物的完美天性上。

三个月前，你像一头小鹿
凝视着这第一场冬雪。

现在阿佛洛狄忒也看不起你，
在背后说你坏话。

邮差

冷天里
　　蔬菜
　　　　　　的气味，
像实物一样飘散，
像一位寻找圣杯的骑士，
或者一个在乡间小路上寻找
并不在此地的农场的邮差。
　　　　胡萝卜、辣椒和草莓。
　　　　奈瓦尔、波德莱尔和兰波。

由爱的恩典机器照管一切

我喜欢想象（并且
越早越好！）
一片控制论的草地。[1]
哺乳动物和计算机
生活在一起，
互相编写的和谐
像纯净的水
连接晴朗的天空。

我喜欢想象
（就现在！）
一片控制论的森林，
到处都是松树和电子产品。
鹿在安然漫步
走过计算机

---

[1] 控制论（cybernetics），研究动物（包括人类）与机器之间通信的规律。

仿佛走过
带着纺纱花朵的鲜花。

我喜欢想象
（必须要想！）
一种控制论的生态，
我们从劳动中解放出来，
重返自然，
回到我们的哺乳类
兄弟姐妹中间，
由爱的恩典机器
照管一切。

一支善谈的蜡烛

我有一支善谈的蜡烛，
昨夜，在我的卧室。

那时我很累，但我希望
有人能陪我，
就点燃了一支蜡烛。

听它的光发出的令人
舒服的声音，直到睡着。

河流的回归

所有的河流都奔流进大海，
但大海并没有满溢，
它们聚集在来的地方
在那里，它们再次回归

山里
今天下雨

那是一种温暖的绿雨
带着爱
在它的口袋里
因为春天来了
春天不会梦见
死亡

鸟儿鸣叫。音乐
像时钟的呼吸在大地上起伏
那里的孩子喜爱蜘蛛
让它们在头发里
安睡

一阵慢雨在河面上
嘶嘶作响
像一只装满油炸鲜花
的平底锅
每一滴雨都让海洋
再次诞生

爱情里正在下雨

不知道为什么，
每当我喜欢一个女孩，
很喜欢，
我就开始怀疑自己。

我会紧张。
我会说错话，

或者开始
斟酌，
掂量，
计算
我说的每个字。

如果我说："你觉得会下雨吗？"
她说："我不知道。"
我就琢磨：她真的喜欢我吗？

换句话说，
我变得有点吓人。

我的一位朋友说过，
"一些人
做朋友比做恋人
好二十倍！"

我想他是对的，另外，
某处正在下雨，花朵仿佛程序接受了指令，
蜗牛快乐无比。
一切井然有序。

但是
如果一个女孩很喜欢我
然后她变得很不安
然后忽然问我一些滑稽的问题
然后如果我答错了，她就不高兴
然后她会问：
"你觉得会下雨吗？"
然后我说："这可难倒我了。"
然后她说，"哦"，

然后有点不高兴地
看着加州干净的蓝天，
我想：感谢上帝，这次难过的是你，
而不是我。

胡萝卜

我想 1968 年的春天是好
时候来审视我们的血液，
看看我们的心流向何处
就像这些花朵与蔬菜
会每天审视它们的内心
看着太阳这面巨镜
映照出它们的欲望
去生，去绚烂。

情诗

太好了
在清晨醒来
一个人
不必在已经
不爱的时候
跟谁说
我爱你。

星洞

我坐在这里
一颗星星的
完美的结局里，

看着光
将自己泼向
我。

这些光
通过天空中
的一个小洞
将自己泼向我。

我不是很开心，
但我能看到
一切如此
遥远。

（选自《布劳提根诗选》，肖水、陈汐译，广西师范大学出版社 2019 年 9 月版）

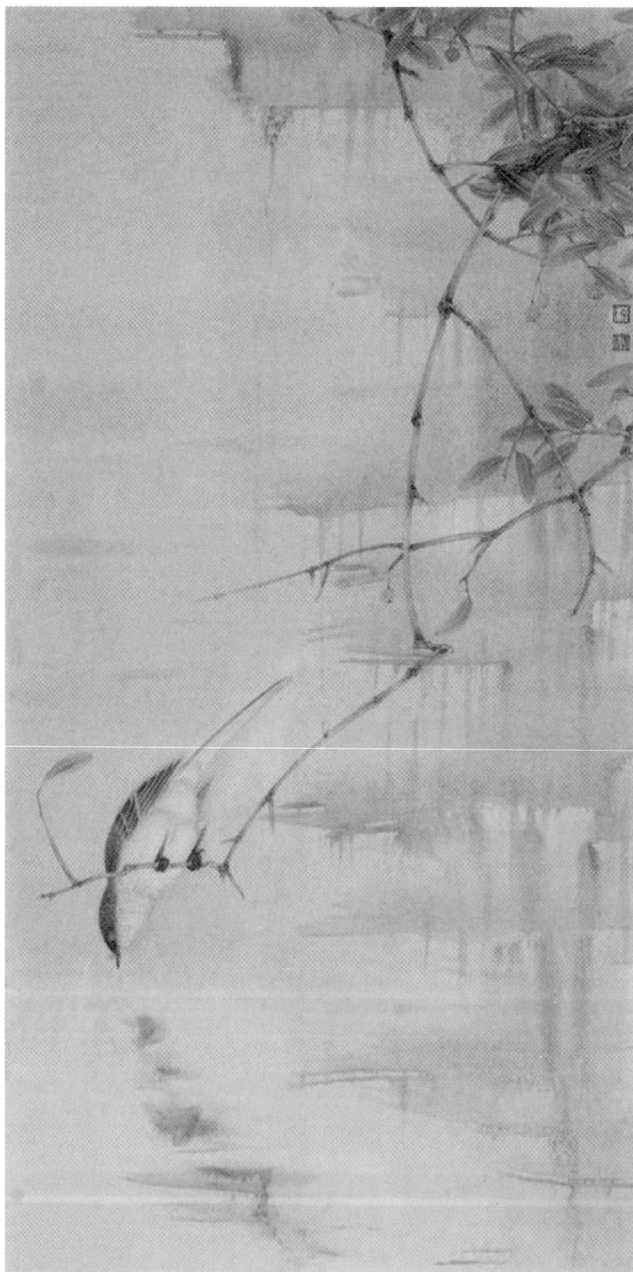

程春利《生息系列之三十》
材质：纸本
33cm×66cm
2013 年

推荐

笨水推荐语

果玉忠这组诗，有几首充满直觉和潜意识氛围，是一种未成观念、思想、觉悟，清新又混沌的状态，但它又可能指向各种可能的观念、思想和觉悟。是一种萌芽，我很喜欢"萌芽"状态。

在写作方法上，他的诗，表现出了语言义的实在、意的虚境，比如《砍桉树的人》，诗取材于现实，人人可见可知可感，但果玉忠处理起来，只用几笔实线，几点晕染，就简洁勾画出一个他所期待的形象，轻盈、淡远，让人感受到生命之境遇在与更大的自然共鸣中，得到补益之后的那种生生不息。从这首诗可以看出，他处理这类现实题材，摆脱了当前的流行写法。

当然，流行也发生在果玉忠身上，《在路上》即如此，不过它也是好作品。而决定诗人有多大的创造力，就在于他与流行保持了多大的距离。这方面，诗人各有尺度，果玉忠自然有自己的尺度。

果忠玉的写作，语言表现出了两种取向。一种是多向度偏于柔性的语言，一种是棱角鲜明坚实的语言。它们是一种互动关系，或是一种进化关系。组诗前部分诗歌属前一种，如《春行》，我们读到时光流逝、成长的主体诗意，仍能看出另一种意味与主体形成二元并行与对立。密不透风的寺院与逸出的海棠，花开花落与看似静态的人文宗教痕迹，都是对主体的横向拓展。《在圆通寺》这首诗，展示了语言的虚实平衡，老去的叶子与心中供奉的秋叶，腹语与说出的话，一实一虚的搭配，恰当表现了人的心理与心态。最后写虚，把整首诗推向邈远。《砍桉树的人》《玉兰园》《问树》等，都展示上述类似品质。后部分诗歌相较起来，显得实在得多。

我个人认为，果玉忠的写作在内容上继续保持一种表而未达的"萌芽"状态，进行语言多向度探索，加上"腕表密封圈"式的想象，将为其未来写作增添光彩。

记梦

/ 果玉忠

春行

山中，墙还拴着那座寺院
像你腕表的外圈密不透风
那年我俩转到这里时
一枝海棠，没被拴紧
春天献出它简约的禅意

今年有所不同——
转到这里时，花已成尘
一枚枚幼果藏在枝叶间
泛着毫无违和的墨绿
不变的是，朱红墙壁上
那几个行草：南无阿弥陀佛

——我们的孩子正在成长
她正蹑手蹑脚走过那面山墙

玉兰园

玉兰已经开败，满山的人
还很鲜活。在过期的香气中
我指给她们看——

"喏！一个玉兰园，一个
在春天开满花朵的玉兰园"
草木不屑一顾，积攒着夏天的水
它们的处事不惊，是一种忍耐。
一条蛇，在众人惊慌失措的尖叫中
一闪，跑进了慌张的竹林。
当人们转过面前的山坳
像花朵和蛇一样
全部消失
山中只留下腾起的白茫茫大雾

在圆通寺

已经那么明显，大殿门口的滇朴
风一吹，叶子就一片片老去，掉下来

绕过扫地僧的人，每一个心中
都供养着一枚虫眼斑驳的秋叶
支吾难言的病灶和企望，归于腹语
在这里，一张口，我就暴露了急躁——

"是不是有什么，正隔空递来
像那些可见或不可见的事物，像风"

有常

身边的人，也可能是
闭关的鱼、花朵或者飞鸟
万物怀着互换的恻隐，它们周围——
薄凉的是水，绝望的是云
不用再说了，秋天之后是冬天
时光会给予的，不争不夺不纠结

你也早就知道，没有一株玉米
会耽误于沉默，抽穗开花长须灌浆
梦里，都避开过一些无常的暗门

问树

有没有慌张，面面相觑
使眼色；有没有隔着空气哑语
或者用另一种口音，密谈

"如果可以互换，谁都想要逃离
从满地泥沼中抽身，远走"

你见过的那些水杉，像人一样
笔直地彼此拒绝着，树冠
却暗自触碰，缠绕，在虚空中

砍桉树的人

咧嘴砍桉的乡下人
一脸腼腆

他劈开的刀口清凉又微辛
像他挨过的所有日子

太阳就要落山了
又一天的劳作，将息
晚风吹着他，悦耳，悠长

在路上

凿碑人抬起头来，尘土中

目光如錾，石头在脸上躺倒一地
"没有长久的直路，几场大雨几场寒
几座桥梁几个弯，都会到达"
说话间，林中小路散开
风拂过白茅草，也吹动大漆树
更低的山谷里，有鹿跑过山涧
松林和灌木丛后退，让出空地——
一座山的好风水
等着谁前去，补白
在路上，一座座打好的墓碑
垒在半山腰，等着披红，等着运走
等着镌刻上谁的名字和家谱

喜鹊

窗外，一对喜鹊扑闪着
绿草坪舒展，春色宽阔
它们像两笔可有可无的黑与白
随时准备跳向另外的细枝
我熟悉它们的鸣叫声
并对其中的一种印象深刻：
那是一种满是狐疑的口吻
——怯生生地，心无旁骛地
在夏天寂静的柿子树荫中
当一个用阳平焦虑地找着时
另一个总会用去声坚决地应
像是在风中交换秘密的誓言。
整个童年，也有两只鸟
曾在我身体里嘀咕不停，我不得不
模仿它们，在每次沉默后：
吸气——吐气——吸气——吐气——
在气流搭起的犄角中

用口哨，一次次自问自答

采水芹

"没有太多走样或变形
你续用了你生父的模具和影子"

三十年前的河东占卜人，在沼泽地
认出你身上另外一副过期的面孔
你的河西身份，鲜有人再提及

"你看，笔杆草钻营、苦艾蒿噬荫
但夏日里，水芹总迎着风"

——我无人不知的身世，在乡野
一次次逆镰而生，像密集的水芹
站满多年前父亲被迫隐身的泥潭
一些人心生怜爱，一些人羞愧难当

清明

挎着空竹篮，走下山冈
身后，松林掩映着灌木
一只鸟小心地叫着，在某处

"一生能带走和留下的
如此之少，不过百抔之土"

在当年唱诵指路经的垭口
母亲回头，朝山上望了望

父亲们瘪矮下去了

生前恶瘤，缩成两枚枯松球
正一天天被大地治愈

这一日，雨水慈悲
没有为应景而赶来，而落下

蓝色预警

—— "风刮得可怕"
咬着铁窗，撕着体内的行道树
它触动了大地上本就动摇的部分
街面上，人们狐疑于气象的
提前预支：迅疾之物有时
像喜讯，暗生缓慢荡漾的波纹
"春天正在靠近，正在，靠近"
越近，风就会越大。它五彩的
预警，一会儿黄，一会儿蓝
整整一下午，我被困于无形之茧
而那些风，被定级为蓝色
它们自顾吹拂，撒出春天的酵母

鱼翅路

一撇天空内，电线杂乱悬着
犹如破败的八卦阵罩在人头上方
被电流穿过的燕子不动不飞
生活在此间，人们来自不同的异乡
路口站着的女郎也一样
油污的街道跟着人群旋转时
卑微的人们在午夜弄出巨大声响
——碰杯摔碗谩骂，暧昧地调笑
出租房的尖叫牵手楼的锁孔

等着旧城改造的秃头房东撕着新日历
他没时间关心流逝，也从不挽留
鱼翅路上的人们吃不上鱼翅
他们更像散架的鱼刺，一根根遍地活
多年前，这里曾经有一个红联村
有时人们会故意，把它错写成红莲村

记梦

一列脱轨的，随意拆装的列车
行驶在体内下陷的隧道中
那些脸仿佛魔方旋转的格
在窗外一闪而过，再不出现
魅惑之景往往都似是而非
黑暗中发生的那些事，你怀疑
自己是否真的曾经到场，参与
而梦是一场止于清晨的旅行
人们在蜗壳里夜行千里
去救赎自己，或者去宽容别人
梦中有人说出谶语：
"闲的人被时间裹得更紧，
忙的人则被困于事"

夜饮，听见孔雀鸣

是什么样的鼓风机
在子夜，还在往一只孔雀的肺里
运送火炭？此时，天漆地黑
如铁锅倒扣，它们的斑斓花翎
和雍容身姿，熔化于夜色。
在跑马场边喝酒，圈养的孔雀
化形为倒圆锥体的黑色声响

一声声穿过栅栏，灌射过来
尖厉，高亢
仿佛濒死者最后的喊叫——
仿佛夜的喉结里翻滚着
一只痛苦的刺猬

半夜醒来

窗外，夜色笼着星河
风不再吹响任何事物
一个城市正来到夜的中途
室内，床头灯顶着碎花布
朦胧一夜的光线下
女儿鼻息均匀，平静熟睡
突然，一丝轻微的笑意
从她酒窝溢出，整个脸庞
像投入石子的湖面，荡漾
八个月大的孩儿
有怎样的好梦？我不知道
但，不能经历彼此的梦境
已不再让我感到遗憾

中国诗歌网作品精选

白鹭

/ 甫跃辉

它们在村外。在大片沟渠纵横的良田
水浅处种稻，水深处种藕
这是反复发生的夏天。水稻绿着
荷叶也绿着。绿和绿是不一样的
水稻绿得细碎，稠密；荷叶绿得宽阔，堆叠
而白鹭的白，在两种绿之上保持自我
不可浸染的一团白光，朦胧而纯粹
有时候踱步，一团白光在绿光之中
缓慢地移动。吸引着我走近
再走近。它们回过头来，一团耀眼的光
对我的逼视，几乎是难以忍受的
继续靠近，赤足踩在田埂上的声音
杂草划开水面的声音，明晃晃地在白鹭和
我之间响起。为什么要不断靠近？
我并不想抓住一只白鹭。白鹭是没法
养在家里的——怎能想象它们混入鸡群
和鸡争食，并被绞去最长的几根翎毛
耷拉着脑袋，学习下蛋和打鸣？——
我站在一小块松软的土地上，陷进
这忽然的问题。脚下的土地忽然地塌陷
让我慌忙跳开。白鹭，这寂静的发光体
扭头看我一眼，小如点墨的眼睛是无数
凝聚不散的夜晚。从暮色之中升起了
这一团朦胧的白光。漫长而细微的雪
落向绿色遮覆的田野。其中的几粒
凉暗暗地落在我晒得滚烫的、赤裸的肩膀
还有几粒，轻轻落在我的眼睛里——
从白鹭的白里，我看见自己眼睛的黑

我还看见，时间的镰刀将毫不怜惜地
收割它曾经慷慨赠予的绿色。而白鹭仍在
它们踱步，轻而迟缓。我又一次看见它们
却不再靠近。它们转过头望着我
隔着秋天普遍的枯黄，我们仿佛
相距遥远，又仿佛浑然一体
与此刻人间的村庄，构成平衡的意义

长河与落日
/ 安琪

我们的目光不是钉子，不足以
把落日，钉在遥远的天幕上。谁的目光
也不是钉子，王维也不是
更何况长河在不出声地召唤，用着只有
落日才懂的语言，长河和落日是什么关系
为什么落日越靠近长河
脸越红
为什么长河也跟着脸红
我们纷纷拿起手机，只能这样了
把落日装进手机
把长河装进手机
把落日与长河的亲密关系，装进手机
我们不是王维
不能用一首诗把落日装进
把长河装进，把落日与长河的亲密关系
装进。我们不是王维
没有孤独地行进在西行路上
也没有一群守卫边疆的士兵等我们慰问
我们从天上来
来此乌海，寻找王维的长河，寻找
王维的落日，寻找王维的

长河落日圆

烽火台正在修补

烽烟无法修补所以我们看不到孤烟直直上升

我们被冀晓青领着来到乌海湖畔

乌海湖是截黄河之水而成因此乌海湖也是黄河

黄河也是长河

我们就在乌海湖畔看王维的落日如何落进

王维的长河，因为《使至塞上》

唐开元二十五年

亦即公元 737 年春天某日的那枚落日

一直悬挂在乌海湖上

至今不曾落下。

自从

/ 戴随之

自从街道上没有脚印，广场上的鸽子就瘦弱了许多

我们把口中咀嚼的甜言蜜语洒向身旁，寄托给风的信使

我记得你在烟雾缭绕的城市披挂口罩，每日沐浴飞扬的尘土

四周的楼很高，阳光被精准地分配在每一户人家的窗台

可是我在没有你的阳光里沦陷，在候鸟盘旋的岛屿上空

季节的界限，暖春与热夏，在对你眉眼的想象里分外明朗

我听见海水的升落像是人生的坦荡，风即将吹醒长眠的梦

自从广场上没有鸽子，街道上的脚印就散漫了许多

小暑

/ 起伦

下午的寂静，自带诱人的光芒

出梅入伏，一种诗意的暗度陈仓
让人略感不安，又陷入冥想
我戒酒了，爱上喝茶，对生活已无太多期待
住在27楼，恍惚时有悬空的感觉
颇像中年人生。常在窗前伫立良久
如果俯瞰，大地上浮起的庸常事物
比如尘埃，恰好可以掩盖万古愁
我喜欢偏西的阳光
斜照过来，落入内心辽阔的虚无
如果把目光放远些
会看见一片林子。我能够猜到林地间
影子与影子的叠加，把蝉唱衬托得更加
高远，把一种淡淡忧伤
送向白云。如果有一只假寐的小黄狗
躺在树阴间，它一定中了爱情的毒蛊
没来由地梦到天空的鸟群
呵，我是说，一切灵魂的出窍
是，也仅仅是，爱上了漫游与还乡……

深夜交谈
/ 韩震宇

两人在交谈的岩层
一个挖掘，另一个负责搬运

我听到金属和石头的摩擦
夜已经深到了没有时间
不需要睡眠的人，彼此交换秘密

他们像两只土拨鼠
在梦之深处，我的隔壁窃窃私语
——记忆之鼠和盲目之鼠

词语堆放在嘴唇，压低了舌头
光阴慢慢地吞咽着夜草

丰收时多汁的葡萄，如今干了
陈年的坚果让他们咬牙切齿

没完没了的述说词不达意
整夜的挖掘仿佛一生的苦役

德音咖啡馆
/ 苏历铭

咖啡调剂师的手臂轻轻抬起
热水从细长的咖啡壶里流出
把咖啡的香气瞬间溢满整个秋天
此刻的长春还没有下雪
落叶浸染霜寒，清晰呈现
由生到灭的叶脉

安静下来，像一枚烘焙过的咖啡豆
忘却曾经的茂盛与迁徙
在硕大的落地窗前
看瓦蓝色的天空中悬浮着盛夏的白云
云朵走得缓慢，季节的更替
终将下起铺天盖地的雪

我想坐在最里侧的位置
翻看既往忽略的小说，看看虚构的人物
怎样过完自己的一生
他们是否在跌宕里始终一脸阳光
任性中弥漫善意，宽容中深埋谎言

然后把咖啡喝得一滴不剩，露出
咖啡杯底部的清白

或许在德音咖啡
我还能遇见青春时代的自己
那时的自己憧憬未来，却不知道未来是什么样
现在的自己置身于未来之中
依然描绘不出未来
不想纠结于生命的疑问，我会邀请咖啡师
精心调制一杯手冲咖啡
静静放在光阴的圆桌上

我们有很多时间
／ 紫草

我们有很多时间，来把衣服晾干
不如点一堆篝火，在这世间背后的某个角落

我们有很多时间，面对面坐下来
认知彼此。从皮肤、头发、气息
慢慢深入，那样才能刻骨铭心，那样才能
两两不忘。那样才能在某次走失后
再次将你找回

我们有很多时间，捡拾秋天掉落的枝叶
一直捡拾到来年的春天。或者注目一张网的
织成，观望幼虫怎样自缚成茧

我们有很多时间，在白雪皑皑的晚上
抱着干燥、淡香的稻草冬眠

我们有很多时间，不需要刻意留住或是挤压

除了它，我们一无所有。我们花掉它时
是那样奢侈。花一生来等待月亮的一次圆满
花一世来守候一只鸟对一棵树的承诺

我们的确有很多时间，用来跋涉
还有很多时间，来把衣服晾干
只要你愿意呵
我们就在世间背后点上一堆篝火

舞台剧
/ 默帆

首先是期待，这是
你知道的。然后看见月亮
落在远远的水面。这是
世间人们应许的愿景
后来月亮落在手心，奇迹出现了

可以看见一匹白马，站在
我们所眺望的山谷上。接近这个地方
有它自己沉没的方式。而可许
或不可许，都在人们的会意时

——流露出来的狡黠中。我扯下
台上的幕布，时间仓促
我丢掉手中的杯盏，任它沉入湖心
而我们谈话冒出来的泡沫
不分昼夜地响着。在下面

在湖心中，捕获一首嘹亮的歌
教会我如何像天鹅一般
优雅地袒露一种可以期待的愿景

而不见一点被掌声催动的影子

成长
/ 李南

求你不要那么急迫
你的言语都用铁笔镌刻，用铅灌在磐石上
求你不要这样要求：
今天种在我心里的种子
明天就会开花。

我已经在用心领受你的真谛
至少明白了这样的道理——
对于一个已经够倒霉的人
我们不能再向他身上投石块。

粉笔的造雪机
/ 陈巨飞

顺着脚印去找一个人？春天，
一定会在前方阻断你。
顺着鸽子的焰火坠落？雪，也许会
替你拆除语言的栅栏——
湖面在告别，屋脊在归隐，
毛竹有沉重的肉身。

风，越来越具体，而风景
变得抽象。这个时候，适合做古人。
月光均匀、冷冽，车辙
画着平行线。从一开始，就不该
走进雪的迷宫。从一开始，
就不该怀念粉笔的造雪机。

挖走，埋在雪地的菠菜。铲去，
下了十年的雪。"那雪正下得紧。"
多少次梦里，你还在课堂上
讲解这个"紧"字。
天地宁谧，万物屏息，讲台上，
落了层静静的细雪。

白茫茫的李子花
/ 鱼小玄

他吻了吻她的额头，在南风拂来的时候。
南风拂来的时候，他们又一次相爱一如往昔。
这件事吓住了一只拉开帘子的小小春莺。

只见他使劲吻着这一朵柔软的云。她心中茫茫
然而只知道这就是爱情。爱情也似一朵云
三月底开到四月中旬的李子花，
也误入了不愿再出的爱情。

所以是爱情，李子花洁白如云。
所以是爱情，李子花吻着春天入了迷。
所以是爱情，李子花有了心事要告诉春莺。

一树树李子花缀成的花布帘子，那么辽阔无垠
那么辽阔无垠，所以在春深时分，这帘子终于
彻底覆满了这南国的山河万顷。

小小春莺忍不住又一次啄开了帘子，
只见她变成了一朵带雨的云，只见她望着他
什么话也不说一句，刹那间吻他吻他吻他
这一场雷声隆隆无穷无尽的瓢泼春雨。

灰鹤

/ 哨兵

自云梦古泽消失后，每个黄昏
都是最后的时辰。蹲在门口替灰鹤
疗伤时，除了这只鸟儿知晓
洪湖是大自然的幸存，我也认同
世界不过是悲剧。直到门前野荷塘
挤进来过夜的潜鸭，欣喜如
晚归的渔船。而夕阳又从云端上
下来，坐在湖底教育众鸟
如何爱上黑夜和寂静。但屋后芦荡
却一直在喧嚣，声音低沉
绝望，像溺水者不甘沉沦和灭顶
忙于呼号和自救。但我知道
那是鲩鱼，趁着天光
在抢食水草。我认得芡实
懂茳芏，因多刺和纤维
自云梦古泽消失前，免于
葬身鱼腹。天黑后
边洗完这只断腿，边与灰鹤
交谈：一个人可不可以凭尖锐和
柔韧，在洪湖
保全自身？但灰鹤
鼓动翅膀躲避我，漠视
人类的疑问。月亮出来后
她双目怒睁，双喙翕动，一直都在
呵斥，洪湖是乌有乡
故乡非救赎地

玲珑路

/ 林珊

这是我第一次路过这里
记住它，不仅仅是因为它有一个
好听的名字
只是北京的秋天，风声太大了
我只好躲进五楼的房子里
抱紧回忆的碎片
我需要保温杯、止咳药
和那件米白色的风衣
你还记不记得，去年秋天的
那群蚂蚁
落日曾在树林里为它们加冕
松针曾覆盖邻近的灌木
暮色笼罩你
也笼罩我
可惜
并不是所有道路
都有一个好听的名字
并不是所有人
都能在秋天里久别重逢

草料场

/ 李浔

在草原上奔走惯的牛羊，被北风吹了回来
同样，走累的人，才会去看鸟飞翔。

为了来春再次远行，你照料着草
把它们叠得整整齐齐
这样才算过一个不潦草的冬天。

在草堆上，麻雀和你一样有被叠高的温暖
太阳和你一样，有接地气的温暖
你躺在草堆上，听远处阿黄已被温暖了的叫声

谷仓

/ 刘泽球

那谷仓消失在儿时的旷野，消失在
蒸汽车头噗噗穿过的旷野，消失在
暮色、乌鸦、榆树林、村镇和寂静的河流
它消失在城镇的记忆深处，孤零零的谷仓
消失在淹没夕光的地平线上
它发出饥饿的声音，听起来
像瑟瑟发抖的祈祷，变为沉默的声音
那高大的谷仓，在一切的黑暗之上
站立着，像黑暗投出去的影子
压着整个平原，尽管它已经消失
它身体里面不仅仅住着粮食
也住着往日的神。或者，我们可以
把它当作某种意义的神殿，如果
那朴素的信念，还矗立在旷野里……
那座谷仓什么时候消失的？

孤亭记

/ 刘三石

"孤亭如鹤，有瘦金体的长腿
和瓦状的羽毛。"万千落木之中
一个少年，率先发现了它
并模仿它，独立于秋光的水岸
但终究是，越简单的物象

现实中越容易变形，虚化
从而让想掌控它的人找不到
确切的着力点

我比少年大几岁？我看到的孤亭
是一个沉默寡言的小神
虽不巍巍然，却镇守着
整个公园的喧嚣和静寂，还有它们
相互之间的交接和消解

一座小小的亭子，从最初的朱红
返回几棵松柏的树干里，经历着
和我们相同的经历。而伟大的建造者
最先遗忘了它。以至于我
为了写一首供人传诵的诗经
三顾孤亭而不得要领，现在
在它的四围，依然聚集着细小的
看不清面目的，有形或无形之物
……是的，它们就是我们的内心
就是我们脆弱的肉体，它们就是
整个虚构的人世——一座小小的
压根就不存在的孤亭

风机怒吼，雷管炸开
/ 老井

通风机制造出的狂暴
往工作面上灌，理想主义的气流
充满了狭小的空间，黑脸的瓦斯
惊慌地往外逃
迎着它滚烫的怒骂，采煤人抱起电钻
插上钢钎，旋入煤壁

一把虚心的量尺，在吞吞吐吐地
试探着意志的深度
金属沙哑的嗓音。持续响了一个时辰
若干个煤眼打好，塞上炸药、雷管
拉出一条比疲劳更长的炮线
接上电，拧响

等到峭立的煤壁轰然倒塌时
他趁机想了一下八百米地平线以上的
正在抽穗的那场大雪
雷管炸开，煤壁惊叫
大雪落下。岁月需要弄出一些动静
来证明寂静的存在

土豆

/ 康承佳

它肥硕、笨拙，仔细闻
还能嗅到泥土味儿
它应该来自乡下
像祖父一样的老人亲手种植的它
给它浇水，施肥
寂寞的时候，还会陪它说说话
它比一个孩子熟知土地的习性
也就意味着它更懂得
如何在霜打白头后学会成熟
不久后，它便离开了土地
躺在了大卡车里、超市的售货台上
以及我们家厨房的案头
手切土豆，听它的身体脆脆地展开
就这样一刻，那些关于老人、土地
所历经季节里的日头，都纷纷赶来

而后，又像土豆丝一样，脆脆地碎开

我成为过你
/ 安然

我成为过你
我成为过你喜欢的样子，你的牙齿、指甲
晨风中颤抖的惊喜
我成为过你绝望的理由
一小块疤
一片黑暗中的沟
一种旷日持久的衰败，一次寥落的存在
长时间以来，我成为过一个诗人
爱着远方的哲学
我成为过你，在失修的路基上醉意沉沉
我成为过你，一小块冰
在极寒之地练习生长
当我再次成为你，成为你的瞬间或永恒
我是凋零的桔梗，我是分娩的绿绒

栖山或者余烬
/ 王夫刚

诗歌朗诵会的露天舞台长满了
青草和疾风；篝火
是唯一的灯光尚未点燃

夏日的寒冷不肯妥协时
藏袍挺身而出；若尔盖撞身取暖时
扎西措也叫作白玛措

星空下面，有人念了一首短诗

献给命运；星空下面
有人走向游子般的空旷——

不过是余烬，不过是孤独
不过是年久失修的膝盖
挣脱了遗产、备胎和纪念品的束缚

程春利《渔舟著岸》
材质：纸本
185cm × 180cm
2014 年

评论与随笔

在下落不明的大地之光里

/ 李琬

一

　　真的能书写自己的诗歌"阅读史"吗？除了阅读的过程本身，我和我谈论的对象之间还有怎样的关系呢？我翻开了从中学到大学本科阶段的读书笔记，试图在渐渐漫漶的记忆之尘中梳理出一条清晰凹陷的小路。单看笔记中的诗歌部分，阿赫马托娃、茨维塔耶娃、阿米亥、狄兰·托马斯、史蒂文斯、昌耀、西川、张枣胡乱地挤在一起……这次"温习"令我再次回忆起不少自己都已经遗忘的诗集和诗句，而这个发现无异于进一步令人尴尬地确认，自己的阅读，特别是诗歌阅读，包含了多少"偶然"和"无意识"的成分。更重要的问题在于，那些对我有过最深远影响的诗人，正因为其精神能量在他们的文字中显得太过庞大和密集，反而无法被我的笔记本"捕获"。那些更重要的诗人的诗集，被我画满了有形或无形的下划线，一旦我需要重新阅读，就会直接拿起书本，而不需要参考笔记。通过这种排除法，事情变得略略清楚了起来——我能立即举出几个在我书架上出现，但从未进入笔记本的名字：里尔克、策兰、海子、痖弦。这显然并非多么独特的个人诗歌史名单，这几个诗人已经成为二十世纪九十年代之后许多诗歌学徒或一般爱好者心中的原典或正典，代表了现代诗歌中的某种强势声音。

　　与我们（既读也写的人）诗歌写作中可见的变化或"进步"相比，诗歌阅读的"阶段性"特点或变化过程则要显得模糊得多，更多地呈现为"一体化"的阅读视野。如果说观察阅读历程中的"成长"是困难的，可能并不仅仅意味着，我们这一代从中学到大学这段相对漫长单调的学院生活和客观上"诗龄"还不够长久带来的"观测距离"限制，同时它也恰恰意味着某种历史感觉趋于平面化的症候——我们这代人常常感到，自己没有经历太大的动荡，或者即使社会发生了那样的动荡，自己也很难近距离地置身其中。缺乏动荡的生活带来的并不是秩序感，反而是涣散和无序，我们貌似有许多种"生活方式"，但并没有许多种可以选择的生活。于是一方面闭塞、隔绝于历史的现场感和复杂性，另一方面又有种因为被压抑而愈加旺盛的对于历史"真实"的渴求，不再愿意隔着语言和修辞去认知、介入世界，甚至不时希望离开这种生活。这种心态导致我们对文学的态度是暧昧、矛盾的：我们希望在均质化的社会中通过一套文学体制和符号获得个体表达的独立、自由，但是又对文学在社会文化"等级"中的滑落及其带来的写作者（不只是诗歌，还有小说写作者）相对晦暗的主体姿态和生活方式感到颇为不满。

当然，历史和社会状况本身一直在发生着改变，甚至近年在某些方面加速着改变，然而我们越来越频繁地感觉到，似乎从某个时刻起，我们不再能够看到历史向前推进的方向，或者说，对于我们在社会结构中的位置而言，这个远景已经很难为文学者们把握、言说，遑论干预和影响。在我们进入大学并开始逐步社会化之后，整个社会圈层日益破碎化，而知识者的位置不断退回到学院之内，甚至即使在学院之内也不得不埋首于越来越琐碎、表面化的事务，难以实现"跨越专业藩篱而进行深层合作的动人图景"[1]，而这幅图景反倒是我在中学时代的阅读曾经带给我的朦胧幻想。

我持续体验着这种错位：从中学时期开始，我们渐渐感受到我们读到的文学不再能对应和指导现实生活，它和生活之间的距离乃至对比越来越明显。在我少年时代所处的小环境中，文学流通的渠道似乎总是零散、自发、滞涩的，我只是在书店里偶然地遇到八十年代、九十年代或者更早年代的旧书并被它们吸引，而这时它们已经不再被大多数人阅读了。

这种文学与生活的脱离，更大的原因仍然来自时代整体的推移。对我们而言，从十二三岁开始，要是拒绝当时在同龄人中普遍流行、几乎成为唯一文学消费品的"青春文学"，就很容易转向"纯文学"的胃口，因为那些八十年代和九十年代初的小说、诗歌几乎是我们最容易获得的读物。到了二十一世纪第一个十年快要结束时，正如李陀所言，这些书写基本已经无法继续解释社会生活，无法建立"文学和社会的新的关系"[2]了。

近五年，事情又发生了新的、剧烈的变化。文化消费者面对电脑和手机屏幕

---

[1]　孙歌：《论坛的形成》，见孙歌：《求错集》，三联书店，1998年版，第104页。

[2]　李陀：《漫说"纯文学"——李陀访谈录》，《上海文学》2001年3月号，第7页。

早已有了一千种消磨时光的方式，越来越个人化的媒体平台意味着我们很难再通过文化消费，特别是通过与电影、电视剧、视频媒体相比而言处于绝对弱势的文学图书载体，来争取一个能够为群体（即使是"文艺青年"也划分成了太多的圈层）所分享的共同想象，或者塑造一个公共意识的领域。由于从事图书编辑工作，我对近年来整体阅读环境对于严肃文学、对于诗歌的"不友好"程度有着切身的体会。人文社科领域仍然可能出现表现亮眼甚至持续走势强劲的书，但文学类图书则要困难得多，而这种状况似乎不再是仅仅通过"调整"文学作者自身的位置，积极建立和社会、民众之间的关联就能够改变的了。带着这些体验，再来看从十几年前开始的诗歌阅读，我的确发现所谓个体的趣味，实际上最早就是被庞大而无形的文学体制、社会机器展现给我们的"前端"所塑造的。

二

我开始真正接触现代诗是在 2005 年左右，我刚上初中不久时。当时文学阵地上仍然显示出一股从二十世纪九十年代延续而来的"散文热"，我家书架上也出现了不少散文集，其中一本是 2004 年的《收获》散文精选。我因此偶然地在这本书中读到了北岛写里尔克、策兰、洛尔迦、特拉克尔的文章。可以说，我是因为无处不在的"文化散文"或"学者散文"的触须而走向现代诗歌的。

在此之前我只零散读过一些并未留下深刻感受的拜伦、雪莱、济慈、莎士比亚、纪伯伦、泰戈尔，这无疑只是因为他们进入了大多数人心中的文学经典名单并因此出现在书架上或成为语文教育的课外读物。如果缺乏必要的文学史知识，又借助本来就有些蹩脚的翻译，这些诗作会令十多岁的读者感到相当疏远。对比之下，遇到洛尔迦、策兰的我，也如冯至初见里尔克《旗手》时为其"绚烂的色彩，铿锵的音韵"所迷那样，我惊讶于那些诗行中奇异的、富于紧张感的修辞，以及它并不依赖传统格律而实现的内在韵律和节奏——尽管这是通过中文译文感受到的。

我开始寻找里尔克、策兰的更多诗作来读。我对这样高强度地向内凝视的文字表达感到非常亲近。对于此前大部分时候只接触到小说和散文的我而言，散文文体似乎是更加不言自明的表达，它对读者散发的吸引力根本上来自它所描绘的那个世界的吸引力。或许正因如此，从一开始我就感受到诗歌最不同于散文的质地，但这也归功于北岛选择了这几位欧陆诗人的诗——它们是如此明显地不同于包含更多议论、长句子和线性叙事的现代英美诗歌，比如叶芝、艾略特、奥登、惠特曼。如果借用陈词滥调来说，我也疑心是它们选择了我。我为那些词语之间同时出现的巨大亲密和张力而震惊、着迷。

不同于散文，诗歌本身是一种伴随着"学习"的阅读。文章的水准，固然也依赖于修炼语言本身的美感，但更多地在于作者的性情、学识，在这一点上它更能够接续中国古代散文的传统资源。然而我最初接触到的诗歌向我展示了语言对于文本的绝对统治，语言本身成为表达的内容。正如学习其他所有语言一样，学习一种陌生、艰难的语言是为了说它，或者说，学语言的本意也许只是为了读，但是在学习它的过程中，也就不可避免地开始了说：对我来说，阅读诗歌的过程也是学习写诗的过程。我正是为了在这特殊语言里寻求某种庇护而选择和它待在一起的。这种庇护不也是"示播列"的意思吗？当时我对生活感到不满。在那个年代，我所经历的小学时代几乎没有成绩、名次的观念，但进入中学后这种情况突然变化，一时间似乎每个人的"价值"开始直接和学业表现上的等级挂钩。尽管身为"优等生"，我却时时感到这种秩序的荒谬和压迫性。在很多个放学之后的傍晚，我关上房门，静静面对里尔克和策兰的句子。它们无形中强烈地逼迫着我开始学习这种困难的语言。

多年以后，我渐渐意识到，将散文和诗歌清晰地切分开来，或许部分地造成了我对诗歌本体的固化认知，尽管这种认知可能很难真的被扭转：散文可以联通不同群体和视角，可以言志载道，义理、考据、辞章兼备，而诗歌处理的是更加集中于个体的、幽暗的经验，是"任个人而排众数"的表达方式——这种偏执的观念来自最初的诗歌经验和文学教育。

到了高中之后我才进一步认识现代诗歌，那时朦胧诗和海子、顾城开始出现在语文课本中，尽管课堂上师生声情并茂的朗诵方式令我感到有些荒诞和滑稽。大概和很多同代诗歌读者一样，学校图书馆里的"蓝星诗库"给了我们中国当代诗歌的启蒙。因为被教室和私人空间所切割的促狭生活环境，我反而加倍地迷恋海子、西川开阔的诗句。与此同时，我正在囫囵地读一些有关当代中国社会文化的书籍、文章，对于在我们成长中发生持续影响、形塑我们精神结构的二十世纪八九十年代有了粗浅的理解，我辨认着它的逐渐离去和被一个新的时代所替代的过程。我自小居住在一个和我所在的城市形成某种对比的空间里，那是一个军事院校，或许我曾无意中从这个高度强调集体主义和理想主义的社区获得想象的安慰，在海子那里以他个人方式继承的集体主义政治抒情修辞和语调令我感到十分亲切。海子，乃至阿垅一样倾向于"烈火"而非"修辞练习"，这样的文学品质和写作观念深刻地影响了我对诗歌的感受力。阿垅在《箭头指向——》里谈论诗歌的文字是我在诗论中读到的少有的铿锵之声，"让没有形式的那种形式成为我们底形式吧""诗是人类底感情的烈火"。但是这就意味着诗成为宣传的工具吗？阿垅是这样来理解力和美、战斗与休息之间的关系的："诗本质地是战斗的。……假使爱情是那个果肉，那么战斗正是包裹保护果肉的一种坚皮刚刺的外壳。"

在那个网络阅读尚未大面积兴起的时代，当时不少主流的人文类刊物，比如《中国新闻周刊》《三联生活周刊》《读书》，仍然在许多城市居民和知识分子的阅读生活中扮演重要角色。这些杂志中的专访、人物侧写总是客观上将许多文学作者与其他人文知识部门的工作者放到平行和相近的位置，至少呈现出某种跨越不同知识部门、形成互动和共振的表象。于是一方面我们被培养、塑造起一套纯文学的趣味，另一方面我们却很少从文学史脉络去认识文学本身——那是我进入中文系专业学习之后的事情了。2010年以前我仍然更多的是根据文化上的地位观察诗人、小说家、电影导演、音乐人的身份，认为他们和同时代的思想、文化问题幽深地纠缠在一起，而且他们常常被媒体偏颇地塑造成叛逆的、孤独的、拒绝与大众和商业文化合作的形象。这部分地解释了为什么后来刚刚进入大学，开始和写诗的同龄人打交道时，我们会因为谈到诗歌而在心中唤起那样强烈的认同感和亲密感。

在我最早读到翟永明的时候，也几乎同步地从肖全《我们这一代》的影集里最早认识了她，她和文艺领域众多"精英"的形象并列在一起，代表世人期待中的当代诗人应采取何种面貌示人；我从《天涯》里读到于坚、西川的文章，被诗人身上"散文"的部分打动，这种散文性的确能够让我们在更大的语境中来理解诗歌和诗人的文化意义，但这些文字与真正有社会阐释力和批判力的杂文或学者散文还有距离。与此同时，我们读到的蓝星诗库里的诗人已经在此时改变了他们的诗歌写作，因此对于他们身上的诗歌和散文，我们的认知实际上继续包含时间上的错位。这样的认知状况大概成为那种错误观念和印象的源头——第三代诗和九十年代"转入相对独立的个人写作"（臧棣语）那样的诗歌书写，依然能够天然地在社会文化中获得精英和启蒙者的地位。直到大学，我的这种印象才渐渐得到纠正。

不过，中学时期没有人和我谈诗。我最好的朋友喜欢西方小说、中国古代文学，但很少谈起现代诗。我也陆续读到于坚、海男、雷平阳的诗，然而那似乎是距离本质化的"诗歌"最远的一种阅读，因为当时选择这些诗人很大程度上完全是由于对特定地域的兴趣，以及由于我身在武汉，长江文艺出版社的《雷平阳诗选》是当时在书店容易见到的品种。

三

十几年后，策兰仍然是我一读再读的诗人。我爱慕着那些看似简单的字，它在任何语言中看起来都美；我爱慕着那些声音，黑暗、沉厚而有光泽，策兰对海德格尔的深刻理解令他的诗带有后者的语言风格；我更爱从冷峻意象中忽然进发的、浸透了感情的"万千颗粒的愁苦"，他反复使用的呼语"母亲"，他永远在诗中寻找的言说对象"你"。面对"你"的言说姿态，显示出他与人世的未来向度之间不可能缔结真正的关联，他的写作是一种朝向被深埋入地层、被去历史化了的过去时间而进行的。

我不止一次和来自中欧、北美的文学专业或其他人文专业的学生提起策兰，但是令我吃惊的是，他们一致的反应是很少读他、很少了解他。当我在一个诗歌活动上与邻座的美国青年随口聊起策兰时，对方抱歉地表示自己并不知道。我意识到，在广阔的世界范围内，他和他代表的诗歌路径或许仍然是被遗忘、被抛弃和难以被理解的小传统。而与此形成鲜明对比的是，策兰在当代中国的诗歌读者中间已经是高度显性的存在，这无疑归功于北岛、王家新、孟明等译者的译介。

这种国内外读者对策兰的接受上的明显差异令我有些迷惑，但或许这种差异恰恰表明，一部分当代中国诗人之所以选择翻译、追慕和崇拜这样的西方镜像，本来就有所意味——它指向对身份和命运的想象：成为一个诗人，就是成为一个不受欢迎的人、不断迁徙和逃亡的人。策兰一生不断流浪，离开家乡来到布加勒斯特、维也纳、巴黎、耶路撒冷……他只能和他的敌人共享一种母语——德语，他的境遇使人想起卡夫卡的境遇："无法不写作，无法用德语写作，无法以别种方式写作。"他在强势语言中创造一种弱势的语言，用语词发明来改变德语的性质。精神国土的虚无和丧失，对不可言说之物的持续言说，这些策兰式的主题塑造出许多诗人自我认同中的崇高感。

策兰几乎在用使用物质的方式使用词语："更换地址，在物质中间／回到你自己，去找你自己，／在下落不明的／大地之光里"。他的词能够紧紧缠裹物质，或者切开它们。他的词语以一种坚硬、绝对的面目出现在我的眼前，就像伽达默尔谈论策兰时所说的："有些东西曾经如此寂静地结晶着，有些东西曾经如此微小、如此光亮并且如此精确，那种真实的词即是这样的事物。"结晶般的质感，来自策兰要告诉我们的重要之事：一个固定的点的确存在；"存在和真理，即便如今失去了一切对整体的把握，也还未曾消失"[1]。对于策兰的喜好，也包含了我对于"后现代"文化及其阐释方式的强烈怀疑。

但是没过太久，我就逐渐意识到，我最初对策兰的阅读是一种非历史化的、脱离了语境的阅读。他的杏仁、七支烛台、石头、蕨、玫瑰……一开始我并没有认识到这些富有犹太气味的隐喻所承载的文化意涵。后来，在进一步认识策兰的过程中，我一次次惊讶于他的文本是如此之厚，你无论从何种层面去读它，都难以将它穷尽。他每个短句子都像松枝上的松针那样自然生长但紧紧贴合，那些仅根据意象或词语的表面风格去试图模仿策兰的诗人是无法接近他一丝一毫的；我们不能获得那发出策兰声音的器皿，我们也无从凝视他曾对视过的深渊。策兰向我展示了那种诗歌理想：他凭借词语来搭建他的房屋，将一种普遍性的个人经验而非仅仅针对某个特定民族和事件的发言灌注到词的缝隙之中，但与此同时我们又能无数次地从他的词语表面窥见抵达历史深处的门。他被太多的哲学家、思想家谈论过，足以证明他文本的全部张力和厚度。

最初打动了北岛也影响了我的这几个西方诗人都有很强的超验性背景，或者生长于某种宗教文化中，但我关注的重点似乎始终不是这种宗教性本身，而是它看待世界的视角和这种视角带来的诗学效果。即使是以否定方式来靠近的确定性、绝对、整全，对我而言也有着强大的魅力。我们最初就是在一个丧失确定性的世界里展开文学阅读和自我社会化的。

后来很多年里，让我感到欣赏、共鸣的诗，都恰好有宗教的一面，比如我曾偶然读到的诗人丹尼丝·莱维托夫（Denise Levertov），还有我反复阅读的美国华裔诗人李立扬——他的诗是少见地可以用来朗读的诗，我也不止一次在宿舍楼无人的阳台大声朗读他。我喜欢的穆旦、痖弦，他们笔下也能见到神的身影。和大多数中国人一样，我没有宗教信仰，也从未认真考虑过信仰宗教，但因为诗歌或

---

[1]　阿兰·巴迪欧：《论保罗·策兰》，见拜德雅豆瓣小站：https://site.douban.com/264305/widget/notes/190613345/note/553032453/。

多或少对我来说意味着"另一重现实"，对我来说是不同于散文世界的表达，我反而总是愿意寻找与我们当下普遍的生活境况形成对照和补充的面向。

在穆旦、痖弦那里被呼唤的神，也已经并非里尔克、策兰、艾略特、奥登的神。中国诗歌里的神是一种被翻译过的超验视角和美学，是面对一个诗人无法解释的、被重重历史苦难包裹的生存世界时想象出来的绝对视点。有时，这种视角也可以并不需要神的出场，它造成了类似戏台的效果，像痖弦那样，他用现代主义、存在主义的语调传递十分古典的情绪，用富有音乐性的语言和整齐、有规则的诗形书写那些崎岖不平的人事。他的诗持续地给人带来宣泄、净化和治愈。在他笔下，平凡生活中的苦难和艰辛何其深厚，超出文学思考的范围。我们在体会诗歌的治愈效果的同时，实际上也是在体会那些令我们痛苦的事物本身，体会它对于生活和生命的意义，内心深处认同着里尔克为诗人规定的生活、工作准则：生活是有机的，"你的生活直到它最寻常最细琐的时刻，都必须是这个创造冲动的标志和证明"。三十多年来的当代中国诗歌不断寻求语言和现实之间的平衡关系，我有时却不禁怀疑那种急切与现实建立关系的欲望实际上正是来自这种根深蒂固的二元思维，并进一步加剧了两者的分离。

四

一些经典现代主义诗歌中十分重要的母题、词汇、意象、气息，确实在很长时间里不断离我们远去，成为"下落不明的大地之光"。爱、死亡、孤独、信仰，这些词由于过度使用以及庸俗的流通方式而历经通胀，我们越来越缺乏对这些词语的身体性的体验。当我愈加清晰地辨认，当代社会的理性话语和主体再生产逻辑几乎多么彻底地将痛苦、疾病、死亡、非正常状态从日常生活中隔离了出去，当我发现我的同代人和更年轻的一代是如此无法形成对生活的整体感觉，我才再次感到诗歌阅读和写作能够在一定程度上成为重建内心秩序感的方式。

在大学阶段，我进入了"严肃"学习写作诗歌的时期，一度大量阅读中外诗人的作品，但主要着眼于技艺的修炼，因此我领略到的更多是"术"而不是"道"，大多数作品可能令我一时赞叹，但是过了许久之后就发现它实际上难以进入自己的内心体验。当时我频繁参加诗歌社团活动，也偶尔主持讨论，抱着做课堂报告一般的心态去阅读，结果发现那些讨论过的诗往往都是最难以给我留下印象的诗。

似乎在最初学习写作的时期度过之后，模仿的本能和热情渐渐消退，大部分诗歌只能提供片刻的感兴，而难以真正"寄生"于我的感受和理智器官。

这个时期我也开始密集关注身边当代诗人的写作，这些诗参与到我和这些诗歌作者的实际交往中，并因此不断加深着我们彼此之间的理解。王辰龙、砂丁、李海鹏、苏晗、方李靖的诗各不相同，但也分享某些相似的心性和情绪。其中一些诗为我们这代人相对匮乏的历史感觉做出了修复性的努力，它们或许未必"正确"，但是有效。诗歌展示了个体面对庞大历史时的细微感受和处境，特别是在历史本身越来越难以得到完整言说的时候，是这些诗一次次为我开启现实罅隙中的生动细节，持续抵抗着弥漫在我们每个人周围的漠然。

就在同一时期，微信的迅速普及和微信公众号的兴起，悄然改变了许多读者的阅读方式，微信平台传播法则所追求的效率、经济性，实际上和现代主义诗歌信奉的语言的经济性不谋而合，微信公众号从诗歌中榨取的价值往往表达在文本编辑中的标题、摘句、加粗效果上，它们的传播带上了难以回避的"鸡汤"色彩。因为这种诗歌流行方式造成的负面观感，因为我自己也曾短期从事为公众号炮制近于鸡汤的诗歌解读文字，在一段时间内我的确对一般意义上的诗产生了审美疲劳的体验。同时，由于年龄、处境带来的客观条件的变化，诸种现实问题愈加急速严峻地展开，面对学业、工作的压力和日趋机械化的生活，我很少再像从前那样密集、长时间地读诗，大部分阅读时间也为其他门类的书籍所占据。

然而，这也并不意味着我彻底放弃了诗歌阅读。暂时疏远了对"术"的热切心情，让我得以重新考虑"道"的问题。出于从小对民间音乐的爱好，我曾为一位朋友的传统音乐档案整理工作干过一些杂活，当我读到新疆都塔尔歌曲中的唱词，那些诗句的音乐性以及它与旋律的完美结合久违地唤起了我最早接触诗歌时的那种甜美、惊奇感受，我在思索，这些音乐的工匠，将来自民间或诗人创作的歌词和他们对乐器、旋律、音乐传统的理解如此贴切地缝合在一起，仿佛让我重新看见那更大的诗意。与之相比，我们所熟悉的当代诗又为何频频显得拘束而困窘……在一首传遍新疆的伊犁民歌中，歌手唱道：

> 西方来的风，吹倒了葡萄藤
> 称作"心"的那个疯子，你抓不到

当我和一些并非"专业"诗歌读者的朋友谈到诗歌时，我发现他们心中的诗在很大程度上仍然保留了可以"歌"的秉性，这也让我怀念起那些民歌来。许多人对诗歌的兴趣似乎仍然在于，相信诗歌能调动起集体的情绪，能在个人经验的基础上对那些最普遍的主题保持抒情的意愿和强度。

　　我曾短暂地到访亚美尼亚，使我印象格外深刻的是亚美尼亚并未经历过"言文一致"的语言工具革命或"白话文运动"，他们的诗歌与古代诗歌保持着更加连续的关系。根据对亚美尼亚当代诗歌英文译本的粗浅阅读，我发现许多对当代中国诗歌来说十分常见的词、心绪和句法都很少出现在这些诗里。这个事实再次提醒我，也许我自己面对的文学传统和文学现状，反而是多少有些"不自然"的状况，是一个事件和许多事件造成的结果。那些缺乏我们所认为的"现代主义诗歌"的民族和语言，又会怎样去感受和书写他们的生活呢？当我阅读为维吾尔木卡姆歌词贡献了重要来源的诗人纳瓦依时，我不仅为其诗中苏非主义的迷醉境界所打动，更逐渐意识到，作为一个出生于二十世纪末的当代人，之所以觉得这些诗的词汇表十分有限、主题不断重复，很大程度上不是因为自己拥有一个更解放、启蒙、现代、理性的"主体"，不是因为自己生活在一个更加复杂的时代，而恐怕是因为，我们无法再去体会那些词语在不同诗句、体裁和语境之中的微妙含义和差别了；是我们自己的心被太多的语言喂养得粗糙、麻木，而非相反。当然，我们的语言和历史一样包含着不可逆性，但我越来越渴望接近的，是清晰和确定，是那种要把我们带到"如此光亮、如此精确"之物中去的诗。

　　（选自《新诗评论》2020 年总第 24 辑）

229 ·

加速时代的时间体验与诗学呈现

——以中国新诗中的"钟表"为中心

/ 马春光

1601年，意大利天主教传教士利玛窦将一种精巧的西洋钟型计时器引入明代宫廷，"自鸣钟"发出报时的钟声，这是"现代计时器在中国大地上最初的、决定性的鸣响"。在清代，钟表作为一种昂贵的礼品在宫廷和上层社会流通，19世纪中叶以后钟表开始在社会中广泛流通。伴随着钟表计时准确性的提升，"20世纪之后，钟表制作渐趋实用，钟表进口激增，消费人群也有所增加。除了时钟之外，小型的手表、怀表也开始流行"。钟表进入现代中国人的生活中，不仅仅是时间的表征者，更是与现代中国的政治、思想、文化、艺术交相碰撞，成为认识现代中国文化变迁和思想流变的重要线索。"将时间和时钟放到了偶像的位置是一个历史过程。这是一段可以研究人类怎样从自然时间的时代演变到一个钟表时代的历史。"当钟表代替自然成为"时间的立法者"，它所滋生的效率化、价值化的生活方式对现代人形成了一种严格的制约。钟表制造了分秒的概念，丰富了现代诗歌的语言，现代诗人以异常敏锐的艺术触角，洞悉钟表对日常生活的冲击，并对其影响下的文化冲突与精神生态展开丰富抒写。相应地，"时钟""钟表"作为一个意象，在中国新诗中获得了丰富的表达。从"钟表"意象出发，对中国新诗的时间抒写展开论述，即希望沿着这一线索洞察现代诗人怎样从艺术的角度对现代时间进行书写、反思，透视"钟表意象所蕴含的深刻的现代寓意"，发掘历史深处的生存景观。

一、从"自然钟"到"机械钟"

钟表计时在现代中国的普及植根于"三千年未有之变局"的转型期语境，裹挟了丰富而驳杂的历史信息与生存体验。"随着'天下'格局和'天干地支'的计时方式被彻底打破,可以用固定格式(比如律诗、绝句和词)进行书写的情感、可以用有限词汇进行吸纳和包裹的经验被强行修改,和'天下'格局、'天干地支'相匹配的格律化、古风化的情感和经验,也开始大幅度隐退;而新的经验和面对新经验产生的新的灵魂反应,却开始大规模出现。"钟表计时带来的现代时间体验即是这"新经验"的一种,但它在诗歌中的映现,经历了曲折的过程。早在"诗界革命"时期,志在改良古典诗歌的先驱者们就在诗歌中"以钟表代替了鼓、漏",但"几个新名词的调弄,并没能给旧诗以新的生命力量"。钟表及其生产的分、秒概念在诗歌中浑然天成地出现,是在"五四"之后的新诗中。"作为一项技术,钟表是一种机器,它按照装配线模式生产统一的秒、分、时等单位。"由于钟表计时在日常生活中的普及,钟表生产的分、秒等时间单位进入现代人的日常词汇,成为现代诗表述时间的基本词汇,这在某种程度上改变了中国诗歌的语言机制和诗性思维:

> 我知道了,/时间呵!/你正一分一分的,/消磨我青年的光阴!(冰心《繁星·九四》)
>
> 今天十二个钟头,/是我十二个客人,/每一个来了,又走了,/最后夕阳拖着影子也走了!(林徽因《一天》)
>
> 在今夜,只要你那瞳孔/缩成一条线啊,在今夜/只要古铜镂花的旧钟/时针,分针与秒针/也叠成一条线,齐指着/罗马字"XII"/今夜便完了/度过了一年(陈迩冬《猫》)

这几首诗对时间的感知与书写都是以"钟表"为依据的,在一天、一年、青春等时间逝去的感喟中,诗歌思维的语言肉身以"钟表时间"为基质。"把时间切割成小时乃至分秒的行为,不只是一种单纯的计量时间方法的变革,而是同效率这样的最突出的现代性概念联系在一起的。"钟表改变了诗歌的文本肉身,新的表达方式反映了人们时间感知方式的现代转变,并撬动了现代诗抒情与审美样式的转变。

在中国古典诗歌中,"钟声"是一个饱含象征意蕴的意象。"在漫长的历史过程中,钟声总与祭祀、庆典、战争、集会等重大集体活动联系在一起,也与个人的宗教活动或宗教仪式（如出家和做礼拜）密切相关，这就使它在时间之流中形成一个具有特殊意义的'刻度'或'区间'，使它所展示的时间成为一种情感体验极强、精神密度极大的'精神时间'，使它本身区别于日常经验和世俗经验，而具有了一种超越的审美（宗教）品格。钟声能使人在与它沟通的刹那间超越自我，与生命的形而上价值维系在一起。"在中国古典诗歌艺术进入化境的唐诗中，"钟声"的"时间意义是对钟声指时意义的继承，更是艺术的超越"。钟声的"审美超越"是审美主体以钟声为媒介、对现实时间（世界）的精神超越，这种诗学传统在穆木天《苍白的钟声》、徐志摩《常州天宁寺闻礼忏声》中得以传承，并衍化为传达现代孤独情绪的中介物。而在闻一多的诗中，钟声更多地与日常经验和世俗经验联系起来，成为日常时间中生命焦虑的来源，其审美思维方式也发生了重大的转变：

> 此刻时间望我尽笑，/我便合掌向他祈祷："赐我无尽期！"/可怕！那笑还是冷笑；/哪里？他把眉尖锁起，居然生了气。/"地得！地得！"听那壁上的钟声，/果同快马狂蹄一般地奔腾。（闻一多《时间底教训》）

那如"快马狂蹄一般地奔腾"的"钟声"已不再是古典诗歌中包孕丰富文化气息的钟声，它是时间的使者，是时间流逝、催促的声音。时间发出了急迫有力的声音，强化了现代人的时间体验。"赐我无尽期"暗示了对"无时间"的永恒世界之向往，然而，"自从钟表被发明以来，人类生活中便没有了永恒"。相应地，"永恒的世界已经从现代作家的视界里消失了"。闻一多以戏剧化的情境宣告了永恒世界的逝去，同时宣告了一个由钟表控制、以时间加速为特征的现代世界的到来。在《钟声》一诗中，"钟声"传达的"加速"时间体验再次出现："钟声报得这样急——/时间之海底记水标哦！"不管是《时间底教训》中"同快马狂蹄一般地奔腾"，还是《钟声》中"报得这样急"，闻一多笔下的"钟声"都给人一种时间的加速感和紧张感，"钟声"意象在闻一多的诗中发生了显著的意义拓展，闻一多敏锐地传达了现代社会中的典型时间经验，预言了一个技术主宰的加速时代的到来。钟声失去了"超越的审美（宗教）品格"，而日益成为"现代时间暴政"的表现形式。"时间已经被技术从生命中剥离出来，成了一个熟悉而又陌生的主宰者，谁也无法逃离它的控制。"在现代中国语境中，时间"真正成为人类敏感的神经，给人以紧张和尖锐的感受"，迫使人们不得不"开始正视千百年来无须正视的时间"。闻一多的"时间敏感"以及他富有激情的诗歌抒写，在彰显敏锐的现代意识的同时，也使得中国新诗获得了表达、质询现代时间的艺术能力。

现代钟表的普及，使"钟声"在人们的生活中发生了显著的功能迁移，人们对"钟声"的审美感知方式发生了显著变化。钟声由此建立了与日常时间的联系，成为现代人日常时间感知的基本依据。徐志摩的《我等候你》将钟声与等待恋人的焦灼、沮丧心情联系在一起：

> 钟上的针不断地比着 / 玄妙的手势，像是指点，/ 像是同情，像是嘲讽，/ 每一次到点的打动，我听来是 / 我自己的心的 / 活埋的丧钟。（徐志摩《我等候你》）

与古典诗歌中情景交融、含蓄蕴藉的爱情书写截然不同，徐志摩的诗更直接、更显豁地对抒情主体的绝望心情展开书写，这在某种意义上源于抒情主体的时间感知方式，以及由此激发的现代情感体验。"手势"和"打动"赋予时间以形状和声音，抒情主体暂时与自然世界隔绝，陷入了现代钟表时间的泥淖。"丧钟"是一种心理时间，物理意义上的"钟"与心理的"钟"在焦急的等待中取得了共鸣，"丧钟"暗示了"内心时间"的幻灭体验。徐志摩诗歌中的"钟表时间"加剧了恋人等待中的沮丧心情，而在余光中的《等你，在雨中》中，"钟表时间"则言说了爱情的欢愉："一颗星悬在科学馆的飞檐 / 耳坠子一般的悬着 / 瑞士表说都七点了 / 忽然你走来"。钟表时间一旦开启，就会无所不在地渗透在现代生活的各个角落。《等你，在雨中》一诗的前半部分，抒情主体获得的是"瞬间，永恒"式的爱情沉浸时间体验，是一个消弭了物理时间的爱情世界。而在诗歌的结尾，"瑞士表"将充满古典气息的爱情氛围拉回当下，赋予男女相约一个准确的时间。余光中对这一意象的引入，使这首诗获得了坚实的现代感。这也暗示出，尽管诗歌中男女爱情的情愫是古典化的，但其最终的落脚点是现代时间语境。在某种意义上，余光中的这首诗构成了一个巨大的悖论式隐喻，诗歌中大量的古典元素最终诉诸现代语境和现代经验，余光中的诗学探索正暗示了钟表时间渗透过程中人们对时间感知的悄然变化。这种变化被当代诗人于坚以更显豁的方式写出：

> 人们同样地感受着黄昏　这个词不是来自森林的缝隙或阳光的移动 / 而

是来自晚报和时针　从前　人们判断黄昏是根据金色池塘　现在 / 这个词已成为古代汉语　人们只说：这是吃晚餐的时间　七点钟见　先生（于坚《在钟楼上》）

"黄昏"折射出人们通过日月光影等自然因素对时间的感知与命名，而现代以来，"日月的运行渐渐地退隐于已调节好的时钟背后，不再充当时间缔造者的角色"。钟表的广泛普及使时间从自然中抽离出来，从根本上改变了人们对于时间的感知和体验。于坚深刻地指出，人们对于黄昏（以及更普遍化的时间）的感知是借助于钟表这一"中介"获得的，"时间因此对现代中国人不再具有直接性。他们倾向于朝钟表要时间，但更主要是向钟表求证时间"。在余光中和于坚的诗歌中，"七点钟"成为一个巨大的隐喻，"钟表"对时间的精细化区分强化了人们的时间感知，悖离了传统和谐的天人关系，人们在钟表的权威下生活，疏于对外部自然的感知，造成现代灵魂的疲惫。"永动的钟表时间"造成的疲惫感与"自然时间"的疏离造成的缺失感，构成现代人痛楚的时间体验的两极。

二、"钟表"：乡土中国与都市文明的冲突

美国学者刘易斯·芒福德在《技术与文明》一书中指出，"现代工业时代的关键机器不是蒸汽机，而是时钟"。作为现代文明的原发动力，钟表在现代中国的普及，伴随着西方文明在中国的渗透以及现代时间制度的建立，乡土经验与都市文明的博弈是这一过程中值得注意的问题。

20 世纪 30 年代的"现代派"诗人是由乡村进入城市的一群敏感多思、孤独寂寞的青年，他们将关注的视角聚焦在钟表上，即是对现代个体生命经验的独特表达，更多地指向传统乡土经验与现代都市经验的碰撞与融合。在"现代派"诗人刘振典的笔下，"表"是一个异常重要的表达对象：

我们能有只知心的表，/ 总够得上睥睨万有了。/ 因为它的铁手在宇宙的哑弦上 / 弹出了没有声音的声音。//……// 想我们的远祖怕也未曾梦见，/ 沉默的时间会发出声音，语言，/ 且还可以辨出它的脚迹跫然。/ 在孤寂的人世间孤寂的时间，/ 你不是渴念着伊人温柔的絮语？/ 那末，快走进钟表店，/

找只表来做温柔而孤寂的旅伴。/它会为你作生命的赞辞,/它会为你作死亡的挽诗,/总之,让它来絮语寂寞的生死。(刘振典《表》)

刘振典首先传达了"表"带来的惊诧经验,这种经验在 20 世纪 30 年代的中国具有一定的典型性,它成为古老中国现代转型的微观映现。在此基础上,刘振典写出了转型时代语境下的个体生存感受,"表"赋予时间以声音(听觉)和行迹(视觉),在这种崭新而惊诧的体验中,它成为诗人(孤寂之人)想象中的旅伴。"钟表"成为孤寂生命个体的灵魂旅伴,传达了现代派诗人置身如荒原一般的都市中的生存感受。这种思考与表达,在卞之琳的《寂寞》中得以延续:

乡下的孩子怕寂寞,/枕头边养一只蝈蝈;/长大了在城里操劳/他买了一个夜明表。//小时候他常常羡艳/墓草做蝈蝈的家园;/如今他死了三小时,/夜明表还不曾休止。

卞之琳的《寂寞》和刘振典的《表》形成了微妙的互文,蝈蝈和夜明表是在"乡下"与"城里"、"小时候"与"长大了"的时空对照中展开的。在日常时间层面,蝈蝈的鸣叫声暗示了乡村日常生活的"无时间性",而"夜明表"则象征着城市日常生活的精准时间要求。在生命时间层面,蝈蝈短暂的生命周期及墓草的家园暗示了传统观念中对生命、死亡的理解,"家园"赋予生命与死亡一种坚实的乡土生存实感;而夜明表在加速"乡下的孩子"死亡的同时,导致了家园的缺失。在夜明表的永恒跳动面前,人的生命时间何其短促。其生前死后都远离了"蝈蝈"所表征的乡土经验世界,现代时间异化了他的生命,并以冷漠的跳动放逐了其灵魂的家园。这首诗以"蝈蝈"和"夜明表"的微妙对比为基础,暗示了传统与现代冲突中现代人的生存困境。卞之琳对"传统""现代"的观察与思考,通过"戏剧化"的情境呈现出来,在科学新知与乡土经验的错位中传达真切的生存感受:

轮船向东方直航了一夜,/大摇大摆的拖着一条尾巴,/骄傲的请旅客对一对表——/"时间落后了,差一刻。"/说话的茶房大约是好胜的,/他也许还记得童心的失望——/从前院到后院和月亮赛跑。/这时候睡眼朦胧的多思者/想起在家乡认一夜的长途/于窗槛上一段蜗牛的银迹——/"可是这一夜

却有二百里？"（卞之琳《航海》）

近代以来，轮船、火车、汽车等现代交通工具进入中国人的生活，对中国人的世界观及日常生活秩序产生了强烈的冲击。"新式交通使人们开始确立科学的时间观念，开始从看天空转变为看钟表来确定时间，标准时间开始出现并逐步取代地方性时间。"卞之琳的《航海》就是在这一语境下对"时间"做出的智性思考与表达。轮船的"大摇大摆"与茶房的"骄傲"，隐隐传达了卞之琳对以轮船为表征的现代文明的批判、反讽的抒情姿态。接下来，卞之琳将目光聚焦于"茶房"和"多思者"的心理活动，虽然常年的航海生涯使"茶房"获得了严格的时间感，通晓并精于计算"时差"，但这些显然是溢出他的童年经验的，童年"从前院到后院和月亮赛跑"的经验是一种"天涯共此时"的时间感，"时间感"的巨大反差正是其"童心失望"的原因。对于"多思者"，"一夜二百里"的现代交通速度，与家乡夜晚蜗牛在窗槛上的一段银迹，同样形成强烈的经验反差。汪晖指出，现代中国是在"内陆力量"和"海洋力量"的博弈之间展开的，这其中伴随着两种时间经验的冲突。卞之琳的诗恰恰隐喻了时代转型期的时间体验，包蕴着丰富驳杂的时代经验和哲理思考。

刘振典和卞之琳对于"表"的书写，深刻地思考了"新异之物"钟表带来的新的生活经验和生存图景。如果说刘振典、卞之琳是从个体的角度考察了传统与现代交织中的时间经验，那么上海的海关钟则带来整饬化的现代时间秩序。上海"海关钟"建成于1927年，它矗立在海关大楼的高大建筑顶部，宣示着时间的威严：

写着罗马字的/Ⅰ　Ⅱ　Ⅲ　Ⅳ　Ⅴ　Ⅵ　Ⅶ　Ⅷ　Ⅸ　Ⅹ　Ⅺ　Ⅻ/代表的十二个星；/绕着一圈齿轮。//夜夜的满月，立体的平面的机件。/贴在摩天楼的塔上的满月。/另一座摩天楼低俯下的都会的满月。//短针一样的人，/长针一样的影子，/偶或望一望都会的满月的表面。//知道了都会的满月的浮载的哲理，/知道了时刻之分，/明月与灯与钟的兼有了。（徐迟《都会的满月》）

在古典诗歌中，月亮"作为一种物我两忘契合天机的神秘启示物"，是彰显中国艺术精神的经典意象，这在《春江花月夜》《水调歌头·明月几时有》等经典文本中得以呈现。在20世纪30年代的上海，徐迟在一个满月的夜晚，看到了另一个"满月"——矗立在上海海关楼上日夜不息、灯光环绕的海关钟。现代都会与满月在象征的意义上指涉城市与乡土、现代与古典的诗歌经验的冲撞与融合。"夜夜的满月"是一个精彩的表达,在古典诗歌经验中,月亮的阴晴圆缺是一种常识,是我们人生经验的重要背景,而"夜夜的满月"则悖离了我们的基本经验,象征性地写出现代钟表时间对我们生活经验的改造,"海关钟"取代"明月",成为现代生活的组织者与管理者。"满月"所包孕的时间循环特性以及它背后的文化内涵,被海关钟夜夜灯光环绕的钟面消解。钟表与月亮代表了古典/现代诗歌中时间表征的典型意象,这是古今时间经验/诗学经验转化在诗歌中的体现。都会的满月"浮载的哲理"、"短针一样的人,长针一样的影子",暗示了人的渺小和现代机械钟表对人的异化,人在时间的钟面上转动不止。"明月与灯与钟的兼有",在表层的意义上指向西方文明与传统中国的融合,在更深层的意义上则暗示了月亮的现代性替代物——"钟表"及时间的永在,"钟表因此成为最好的监视工具,因为它打破了人们通过自然和习惯而确立的原节奏"。在此基础上,徐迟以古典意象书写现代生存经验,曲折含蓄地传达了现代都市中的悖论化时间体验。

在辛笛的《对照》中,罗马字指针化身为"时间的铁手",它的强劲与固执让灵魂感到战栗:"罗马字的指针不曾静止/螺旋旋不尽刻板的轮回/昨夜卖夜报的街头/休息了的马达仍须响破这晨爽/在时间的跳板上/灵魂战栗了。""刻板的轮回"是现代人时间焦虑感的物化体现,"海关钟不仅仅是都市代表性场景,同时奏响的是都市的内在节律。"辛笛写出了现代时间节奏对生命个体的强烈冲击,它使现代人置身漫无边际的灵魂荒原。如果说辛笛所表达的现代时间焦虑隐现出诗人内心的强烈震颤,那么在诗人陈江帆那里,海关钟则无力唤起灵魂的战栗,而是带来一种普遍性的疲倦:

> 当太阳爬过子午线,/海关钟是有一切人的疲倦的;/它沉长的声音向空中喷吐,/而入港的小汽船为它按奏拍节。//林荫道,苦力的小市集,/无表情的煤烟脸,睡着。/果铺的呼唤已缺少魅惑性了,/纵然招牌上绘着新到的葡萄。(陈江帆《海关钟》)

这是"太阳爬过子午线"的上海午后,海关钟"沉长的声音"感染着这个城市的内在情绪。"在我们这个电力世纪里,机械时间控制的城市看上去像是梦游者和行尸走肉者汇聚的场所。"海关钟的声音暗示了疲倦、了无生气的午后场景，这同样是现代人灵魂的疲倦，海关钟成为现代人疲倦感的一种象征。

三、拆解钟表：对"多元时间"的召唤

改革开放以来，中国迎来了经济快速发展的日常化语境，"时间就是金钱"的信条催生了持续加速的时间节奏，钟表作为"时间暴政"的象征物而逐渐显露其狰狞的面目。现代人的生活节奏不断加速，统一化、标准化的时间要求极大地束缚了现代人的生活，造成一种无法挣脱的"时间焦虑"。对"时间焦虑"的纾解，典型地体现在对机械时间的逃离与反抗，这在孟浪、于坚、西渡、洛夫等诗人那里体现为对"钟表"的质询与象征化拆解。

孟浪《时间就只是解放我的那人》处理了"金表"与"时间"的悖论：

> 时间就是解放我们的那人！/他向着我们奔来/分给我们一些金表/一些，腕上的禁锢/一些，怀中秘密的秩序//我们是否接受了时间？/我回答了：是的/但我不接受那只金表/掉在地上的金表，碎了/像一团小小的泥块//金表，滴嗒滴嗒地走着/全不是时间！/我们怀着被解放的兴奋/在金表上目送时间的离去//我是否接受了时间？/我回答了：是的/他一直奔进了我的心里/我和他一齐，向解放奔去//时间已把金表散尽！/你们指着我的背影：那人/挥金如土，那人/已把我们抛弃//我回答了：是的/时间就只是解放我的那人！

"金表"既指涉了钟表本身质地的贵重，更暗示了"一寸光阴一寸金"的时间观念，因而暗合了市场经济时代对金钱和效率的推崇。然而，在诗歌中，钟表是"腕上的禁锢"，"我们的手表的嘀嗒声是这么粗野，跳动得这么机械，使得我们再也没有足够敏锐的耳朵可以听见时间的流逝"。而时间本身则释放它的"解放"功能，正是在"禁锢"与"解放"的对立关系中，孟浪警醒地捕捉到新的时代语境所分泌的异化机制，而试图挣脱并重获对时间的多元理解。于坚说："有闲阶级手腕上的表走着的只有枯燥的罗马数字，没有气味色彩光线变化的时间。"在这样的前提下，我们必须摆脱"钟表时间"，去面对丰富多彩的"自然时间"和"精神时间"。于坚置身于边地云南的苍郁自然中，以"自然时间"悄无声息地否定"钟表时间"：

在大理州／世界由落日统治 另一只钟／也栖息在落日底下 在基督教会的钟楼上／被二十四个数字锁定 它在一个世纪前被传教士们／在十字架上吊起来 已经生锈 像一块陈年的腊肉／它只能征服几百个教徒的耳朵 在同一时刻／当时针指着罗马 一只鹰从青碧溪起飞／另一只在马龙峰落下 同一时刻／世界死去活来 变幻无常 谁能测度／一只秃鹫越过苍茫 落在岩石上的时刻？／模仿着圆 但钟从未能取代落日 牧师是南诏的后代 他总是在日落时分／在更伟大的时刻中迷失 忘记了敲钟（于坚《苍山之光一秒钟前在巅峰之上退去》）

对"数字化时间"的不屑，究其实是对现代时间的拒绝，于坚的表述与孟浪的《时间就只是解放我的那人》在情感态度上是相似的。在于坚那里，对"落日"这一自然神圣时刻的瞬时体验，接通了人与自然、永恒的神秘联系，"更伟大的时刻"对"敲钟"的遮蔽，象征着自然与灵魂交合的神圣时间对钟表时间的放逐，凸显了"钟从未能取代落日"的"反现代性"命题。于坚是"现代性"的质疑者，他写出了拒绝"钟"的历史存在，在其背后是对现代的抗拒，对世界之神秘存在的体认。诗句中对现代机械时间的批判之情清晰可见，于坚不厌其烦地抵制着统一的机械时间，召唤一种"多元时间"的回归。

如果说于坚和孟浪采用了正面的书写方式，那么西渡则选择了一个"旁观者"的戏剧化视角。西渡的《一个钟表匠人的记忆》虚拟了一个特殊的观察视角：钟表匠，对钟表推动的"加速社会"进行反讽式书写。"钟表匠从事的手艺负责将现代意义上的时间效率观转化到城市的日常生活当中。"钟表匠包含着奇特的悖论：他以自身之慢引发世界之快，诗歌中的"她"从童年之慢不断加速，直到"死于速度的自我耗竭"——作为旁观者的我，则构成对时代之快的一种反思。"但为什么人们总是要求我为他们的／时间加速？为什么从没人要求慢一点？"这首诗所关涉的时间点从我"红色的童年"到"她的死去"，都是在"快"与"慢"的摩擦与碰撞中进行的。诗人敏锐地捕捉日常生活的微妙变化，在这背后，是"现代性"的突飞猛进，而"现代性就是时间的加速"。西渡诗歌以回忆的形式洞悉当代生活图景，表达历史加速中的个体生存实感，戳中了我们当下生存的痛点。

与西渡不同，洛夫在其长诗《漂木》中直面"钟表"，并与之展开一场"惨烈的搏斗"。《漂木》反复出现的"钟表"及相关时间意象,在一种充满紧张感的语境中诉诸了现代人在时间面前的焦灼不安:"钟表把时间切割得哼哼唧唧。"(《漂木·瓶中书札之四:致诸神》)"钟表"作为现代时间的具体象征物,统摄了现代人生活的"时间秩序"。洛夫诗歌中"钟表"对时间的"切割",暗示了现代人所面对的"碎片化时间"困境及灵魂的焦灼。"时间的绞肉机/割裂着街上盲乱的灵魂"(《漂木·第一章》),这是现代语境中"时间之伤"的根源。"钟表"作为机械之物,是一个冷冰冰的"时间统治者",它的无处不在暗示了"机械时间"对"人性时间"的扼杀。在《致时间》的最后几节,诗人试图在诗歌中以拆除时钟的方式反抗时间:

好累啊/秒针追逐分针/分针追逐时间/时间追逐一个巨大的寂灭/半夜,一只老鼠踢翻了堂屋的油灯(《致时间·50》)

我一气之下把时钟拆成一堆零件/血肉模糊,一股时间的腥味/嘘! 你可曾听到/皮肤底下仍响着/零星的嘀嗒(《致时间·51》)

于是我再恨恨踩上几脚/不动了,好像真的死了/一只苍鹰在上空盘旋/而俯身向我/且躲进我的骨头里继续嘀嗒,嘀嗒……(《致时间·52》)

将"钟表"形象化、人格化,是洛夫诗歌的突出艺术特征,通过对钟表的反抗与象征性摧毁,潜意识中对时间的"畏"与"累"得以释放。洛夫深刻地写出了现代人被钟表异化的时间经验,"拆解钟表"因而成为现代人对抗时间焦虑的象征化行为。在福克纳的《喧哗与骚动》中,昆丁将父亲留给他的手表摔碎,以纾解自己的时间焦虑。"只要那些小齿轮在卡塔卡塔地转,时间便是死的;只有钟表停下来时,时间才会活过来。"让时间活过来,就是突破"机械时间"的限制,强调"精神时间"的重要性和价值,这无疑是摆脱"钟表"暴政、走出"时间焦虑"的有效途径。现代人承受着钟表时间带来的压迫感,"不断地尝试打破时钟",但不管是《喧哗与骚动》中昆丁的自杀,还是《致时间》中"在我的骨头里嘀嗒"的时间,都暗示了时间的不可毁灭。即便生命主体消弭了外在的时间刻度,嘀嗒声已经内化在我们的身体机能中。针对"时钟"本身的探寻与反抗,注定是失败的,这是一种无法治疗的"时间之伤"。在这个意义上,洛夫的诗歌挖掘现代人的深层生存景观,并表现了共同的人类生存困境。

结语："散发芳香的时钟"如何可能？

作为一种语言艺术，诗歌对时间的抒写是人类时间体验与想象的重要呈现。在《一个钟表匠人的记忆》中，"钟表匠"在记忆的时间隧道中寻找一种"慢"："为什么世界不能再慢一点？我夜夜梦见 / 分针和秒针迈着芳香的节奏，应和着 / 一个小学女生的呼吸和心跳。""慢"在诗歌中体现为一种与生命（呼吸和心跳）高度契合的"芳香的节奏"，它企图挣脱加速时代对个体生命的异化。在《时间的味道》一书中，德国文化理论家韩炳哲充满诗意地描述了古老中国的一种"散发芳香的时钟"，"香印确实是在散发着芳香。熏香之芳香使时间的芳香强烈起来。这一中国时钟的精巧之处就在此中"。生活在现代机械钟表管控的时间制度中的现代人，对"从前慢"式的生活充满无限向往，"散发芳香的时钟"因此成为寄托人们"时间遥想"的象征意象。

概而言之，钟表将现代人的生活和心灵"格式化"为整齐划一的秩序，随着社会的发展向前越发带来一种"封闭感"。"时间的划分越来越细，生命的展开被打上越来越细密的刻度，这一刻度只不过丈量出人生命资源的匮乏，彰显出人生命的压力。时间成了一道厚厚的屏障，遮挡着生命的光亮。"面对现代社会不断加速的时间节奏和不断加剧的时间焦虑，中国新诗在用语言深刻指认、揭示它们的同时，试图以诗歌的方式来抵抗"时间之快"，缓解"时间焦虑"。现代诗人对钟表展开的多向度抒写，为我们认识特定时代生存中的时间图景与精神生态提供了"诗的见证"，同时也彰显了他们挣脱机械时间、寻求超越的精神动向。如何更深地揭示历史中"钟表"的文化意蕴，如何在对"钟表"的审美建构中纾解人们的时间焦虑，在人与时间的古老关系中发掘我们时代深刻而独特的时间主题，则考验着今天和未来的诗人们。

（选自《文学评论》2021 年第 4 期）

程春利《生息系列之三十五》
材质：纸本
33cm × 66cm
2013 年

赤壁

/ 张曙光

战船上的大火照亮了半个天空。
赤壁的岩石变得更红了。
当战事在激烈地进行，田里的农夫
仍然在干活。傍晚回到家中
在屋檐下冲脚，说一声打仗了
然后在席子上睡下。

一千八百多年后，我来到这里。
崖壁挺立着，仍然为当年的胜利而扬起
高傲的头颅。江水平缓地流，我想
下面一定暗流汹涌。我的心跳加快了
然后感叹曹公的不幸：他渴望着
登上这里，饮酒，赋诗，让二乔作陪
但历史转了个弯，在这里——
然后一切物是人非。一切看上去没有变
但一切早已变了。

借风台上空空荡荡，谁能助我一帆风
像当年的王子安，为滕王阁写下千古篇章？
或苏子瞻，在月光下泛舟，看
山高月小，水落石出。比起厮杀的呐喊声
我更喜欢平静的岁月，日出而作
日落而息。闲时和朋友喝酒聊天
或望着东逝的江水发呆。想象着
历史和它的花招，并惊叹于它的执着。

2021.5.9 晨

游赤壁古战场

/ 哑石

各处盈虚的月白之手伸来抚摸这里。
铁舟远。舷侧的滑浪，急促而凉。

江面空气热。我们杵在石岸上，
头发凌乱，说着话。风又吹散了它。

脊柱摇晃，兜里手机芯片摇晃，
深水之下，焦渴松开生的面相。

据传临江悬壁上那灰白"赤"字来自
清俊周郎：真年轻，这古战场。

奥哈拉，调皮地写诗给阿什贝利：
"猴子女士将在月亮里

对我们不合身的脑袋微笑——"
破折号你加的，错乱成一种恰当。

那时的"安全"，粗大铁链将战舰
捆成"集体"火光。水上猛兽，

胸骨与腿骨在互戳中流成了汤汤。
好吧，我们微笑着蹲在江南

拍照：恰有一飞鸟，冲破手机镜框。
不识此鸟名字，"开户视之，

不知其处""不知东方之既白"
其实，你是确知自己未知之茫茫的：

事实真如此，亲切、生动地在
滚滚人头间唤着："Ashes，Ashes……"

2021.5.9

注：所引句子，分别来自奥哈拉《致约翰·阿什贝利》一诗（他大概是把孙悟空和嫦娥错混成了一个人物）、苏轼《后赤壁赋》结尾和《赤壁赋》结尾语句。本诗结尾处，"Ashes"乃美国纽约诗派中人对阿什贝利（John Ashbery）的昵称，单词原意为灰烬、骨灰（复数）。

蒲团上的赤壁
/ 钱文亮

杀伐已久，赤壁
倚身火焰熏黑的垛口
期待一场
蓝色的暴雨

昨夜当你经过
江面上有大鱼跳动
告诉你
将军的思念
年轻的寂寞

东风中红色的呐喊飘散
马放南山
蒲团上的赤壁
用钢铸的铆钉
狠狠地把记忆
打进历史的拐角

写于 2021.5.11 上海，赤壁归来

泛舟陆水湖
——与谈骁共勉

/ 津渡

画舫启动，电动螺旋桨
掏心窝子似的，在7.2亿的水立方体里
猛地来了一下。
八百多座岛屿围拢过来
观摩完一场诗歌颁奖会，现在
都回去了。
一开始就意味着结束
但是此刻，每个人完成的自己并不相同。

人群中，我注意到你。
年轻的脸庞，微微发红、沁出了汗珠
像你的诗歌一样，气息单纯。
又一次按下快门，你要拍摄出怎样的我？
事实上你并不知道：
我已默默阅读了你近三年
认知产生于相遇之前。
同样，在水气弥漫的湖面上我也认出
从前，我就是你。

这么多人同时向着岸边的终点进发。
一个云南人，一个安徽人
还有很多的人，也在向终点进发。
不在场的，也都在场。
白鹭看似轻描淡写，实际上是在致敬
在茫茫水天交接之处
又写下了一行。
谁在呕心沥血，续写汉语伟大的篇章？

这是赤壁，从前，这里是蒲圻
从前，这里还是赤壁
从前的陆水河，时代抬高了水面。
这是陆逊练兵操练的地方，周瑜用到火
孔明借来了东风
而忠纯鲁钝的鲁肃，定下大局。
磨洗前朝，东坡的两卷辞赋力压千古。

这么多诗人聚集在一条吞吐泡沫的船上
更像是一条隐喻。
你对即将到来的一切尚且懵懂不知。
而我忧心忡忡眼看着生活
铺天盖地，汹涌而来。
这正是最终要落到纸面上的诗歌。
一生的荣耀来自
孜孜不倦的学习，永不与自我妥协的战争。

在天雕岭山腰看落日
/ 剑男

那年在天雕岭看落日
在云端，在两座凸起的山峰间
太阳迟迟不肯落下

灰暗的云从山上一层层往上铺
像一床神睡旧的棉絮

和我一起看落日的
有我的母亲、大姐和两个外甥
落日余晖涂上他们的脸
有三种暖金属的颜色，分别是
古铜、黄金和白银

但太阳并没有就此落到云层里
而是缓慢地穿过
并给每一朵云都镶上一层金边

最后太阳在树杈间往下落
由于它和树枝
天空以及云层形成的奇妙构图
我两个外甥紧张地拽着我
说天堂着火了

习习凉风中，这两个拽着我的
小凡人，手心里全是汗液

2021.5.8，写于赤壁

赤壁绝句
/ 李以亮

从这里开始没有武器自有敌人来造成为策略。
水火无情，在这里水与火却站在了弱者一边。
从这里开始东风成为汉语里一个悠久的褒义词。
无论何时胜利之神你永远垂青绝处求生的人。

在羊楼洞青砖茶博物馆外
/ 余笑忠

从外地前来的小学生，参观完博物馆后
排队集合，他们将去往下一个景点
领队让他们安静，但他们不可能
安安静静

好多年了，我没有近距离看到这么多的孩子们
在他们面前，闲坐一旁的我是个十足的老头
我从廊下坐着的地方起身
以免摄像的人把我也拍摄进去
站在太阳的强光下，我想起
阿米亥的一首短诗：一位老妇人
谨遵医嘱，在大学对面的街道上
让年轻的人流每天都漫过她，就像
做水疗一样
今天，面对此情此景，我又能写下什么？

这时，一个小女孩从她的队列中走出来
将我放在长椅上的一个塑料小茶杯拿起
放进了垃圾桶里，然后快速入列
像一条小鱼多游了一段距离
她不知道那小茶杯并非我丢弃在那里
她不知道她就这样走进了我的一首诗
尽管，这只能算作二手诗

2021.5.9

石刻
／ 余笑忠

在赤壁古战场临江摩崖石刻处
相传有一个"赤"字是周瑜所书
左下的一点，像一个脚印
也许是有意为之，也许是走笔时
一个意外，却似天成
就像机缘巧合，为史书平添一段波澜

我们转过身来

看到了近旁的取水泵站
选址于此，不知是有意为之
还是纯属巧合。与其说它
更有饮水思源的寓意，不如说
此地得天独厚，大江拐弯
回流处，多一点旁观者的平静
再没有什么比这更称得上是天大的事了
入我脑者可以惊涛骇浪血雨腥风
沐我身、入我口者，必须干干净净

2021.5.10

青砖茶
——与川上庚兄

／ 田华

改称赤壁
有几十年了
可我还是怀念
"蒲圻"的叫法

江上的风
绕着那两个
鲜红的楷书大笑
谁，这么矫情
几千年的兴亡更迭
何苦只记住这场战争

血与火不过是
又一次对整条江的污染
把手里的弓箭长矛换成锄头
去种茶，喝茶

茶水会让眼光柔和

前天，趁着酒兴
和川上聊到凌晨
起床刷牙时
我却发现
那青砖茶上的川字
镌上了我的额头

2021.5.11

青砖
/ 夏宏

紧紧抱在一起的叶子们
其实还有缝隙可循，被茶刀撬开
在沸水中恢复了飘零
能回到哪里呢？我在青砖博物馆里
看到安静的压制机和液晶大屏上滚动的茶园
小学生们也在这里学习，成群结队的
一而再，我寻吃赤壁河北大道一个小菜场里的牛肉面
喝蒲圻的茶水
安抚身体里的锋芒

从蒲圻到赤壁
——给黄斌
/ 陈何

赤壁古称蒲圻，缘起于三国东吴黄武二年设置蒲圻县，因湖多盛产蒲草（古时编织蒲团的材料）形成集市而得名。1986年5月，蒲圻县撤县设市。1998年6月，更名为赤壁市。

没有什么比命名更神圣
三十多年前，我第一次坐
绿皮火车，从平原过丘陵，到达一个
安宁的小县城，它叫蒲圻
年轻的目光只投向车窗外起伏的
小山峦，没时间理会带我去他家的
好友黄斌。他一再给我纠正
这不是山峦，这是丘陵
在咣当咣当之声的伴奏下，我欣赏
一幅幅宋人山水画，感叹山腰梯田里
农人之瘦小。他们若有若无，就是
画幅里一个个微微闪动的黑点

第一次看到挖沙船在浅浅的河流中
突突突地冒着黑烟，河流边堆满了
沙山。我和黄斌轻快地穿过一座石桥
桥下赤裸的孩子们打闹嬉戏。凉风
时有时无，从河水上方飘来。我们
略有停顿，谈到诗歌和各自的爱情
继而有所目的地穿街走巷，访友人不遇
在他的屋门上留下到此一游的印记
那是一个勤劳的时代，做懒散之人
是羞愧的。贫寒的青年有纯朴之心

三十多年过去了，蒲圻变成赤壁
旧时的山水与街道、房屋、人事
只在黄斌之诗中留存。旧土地上
翻挖出旧物件，写出新历史
高铁也为之在此片刻停留。只是赤壁
一个多么复杂的名字，文气 武功
正好组成了黄斌的"斌"。当他

发现自己时，他已离开了它。当我
再访它时，内心凌乱，胡言乱语
黄斌却沉默着，不发一言
它们像抱错了的儿女，终被领回

借之道
/ 陈何

向老天借风，向敌人借箭
向朋友借城楼
从无中生有，在水上生火
这个叫诸葛亮的人躬耕多年
从万物生长的规律中
发现"借"的秘密
一旦出山，便扭转乾坤
鞠躬尽瘁，死而后已

在赤壁，长江南岸。一群
近二千年后的现代诗人
依旧谈笑风生，叹惋小乔非借品
被大火烧毁的生命非借品
大江依旧东去，却再也无法卷起
内心的狂雪

那场春雨，还是来了
/ 马景良

说好了的，颁奖的日子
有一场轰轰烈烈的春雨
尽情滋润诗人的心灵
催生诗人的灵感
可是，我每天用一双苍老的手

把天气预报里的云朵
全部推开，只留下一个
千里无云万里无风的蓝天
让湖光山色在镜头里唯美

陆水湖上的太阳
干净得一尘不染
没有高山挡，没有大树遮
每一寸太阳都疯狂地
亲吻着诗人的肌肤
或许，太阳也是诗人的暗恋者
尤其喜欢看诗人的影子
无论是在古战场看摩崖石刻
还是在羊楼洞走明清古街
阳光总痴情地跟班
拖着长长的影子飞奔

诗人一个个都离开了赤壁
太阳生气了
躲在云层里哭泣
雨终于下来了，阵势很大
春天的雷声和风声怒吼着
窗户嗡嗡作响，门被推开
只有雨点温柔得像一个弱女子
被风抓在手里，一次一次摔打
冲洗着窗棂上一年来的污垢
是该有一场春雨了
除了滋润万物外
还要冲洗我们身体里的尘埃！

2021.5.10

在赤壁
/ 王单单

摩崖字迹漫漶
石头的伤口中
裸露着猩红的舌苔
江水开阔，它早已澄清了自己
历史似乎浓缩为一粒尘埃
在时间的绝壁上剥落了

没有乱石穿空，也没有惊涛拍岸
这个安静的午后
古木在绿道上投下巨大的树阴
我们置身其中，清风拂面
一种凉意贯穿肺腑
而此时，戴潍娜站在江边
像极了当年的小乔
我所理解的江山如画
也就如此罢了

2021.5.11

在赤壁
/ 李松山

在历史的长河里他们一路厮杀
是非和利禄，转瞬成为泡沫。
夕阳燃烧的余烬，洒在江面上。

时间让你的羽翼丰满，
又撕下你的鳞片。
若干年后，我也会成为一个泡沫，

或泡沫里的幻影。

在江边他们边走边讨论着诗歌
不远处的运沙船发出沉重的轰鸣。

2021.5.7
2021.5.10 改

在赤壁
/ 李松山

在陆水湖津渡先生提议，
将湖中的岛屿以每个人的名字命名。
我仿佛看到一群羊在岛屿上出没，
它们有着云朵一样光滑的脊背，
两只肥硕的大耳，像两团蒲扇。
因为陌生，它们用褐色的鼻子，
轻轻触碰阔叶植物。
像一组新鲜的动词轻击回车键。
赤壁两个用红漆刷就的大字，
仍保留着现代性和古典的韵律，
王单单把戴潍娜比作小乔，
这个借喻是成立的。
正如现在，她用快门，
在浩渺的烟波里。
捕捉到一丝萧瑟和静穆。

2021.5.13

在赤壁陆水湖，回忆捕鱼时光

/ 谈骁

捕到鱼后，回家还有一段路要走，
鱼在篓里挣扎，想要挽留生命的念头，
让我们加快了脚步。
路过一眼泉水、一个水池，
我们把鱼篓放进去，让鱼沾一点水；
有时候我们脱下衣服浸透水，
每走几步，就拧一些在鱼篓里……
捕来的鱼当然是要死的，
但我们希望它们不要死在回家的路上。
结果总是如愿，回到家，
把鱼倒进水缸，它们迅速地游来游去。
有一次，一路没有找到水，
鱼翻腾了一阵，不再动弹，
我们以为鱼已经死了，
一种卸下责任的轻松，
让我们放慢了脚步。
回家倒进水缸，它们翻了一会儿白，
竟然又慢慢游了起来。
也许有高兴，更多的是失望，
我们不愿相信鱼的生命力，
不愿承认曾经对生命的挽留是白费力气。

2021.5.7，写于赤壁

往湖中

/ 张朗

得耗费什么才能到达
尽管在手机地图上

几乎可以缩成同一个点

走过去，居民区，阁

环卫工，试验坝，汽车

一个又一个转向，才在尽头处

看见她柔软的身体

城市如同巨大伤口

我们多么需要这些湖水

清洗身上的炎症

在湖中，微风拂过，小岛凝视

八百多个我跳下去

在水中练习窒息，游不走的

就沉在那里，长满泥土

等待——认领，命名

2021.5.10

（选自第二届"中国·赤壁杯"《诗收获》诗歌奖纪念诗辑）

程春利《芦花深处》
材质：纸本
33cm×45cm
2005 年

诗歌，在哲学摇摆不定的地方

—— 2021 年秋季诗坛观察

/ 钱文亮　胡威（上海大学　中国诗歌研究中心）

　　福柯曾经在其巨著《词与物》的最后不无悲情地写道："人将被抹去，如同海边沙滩上一张脸的形象那样被抹去。"福柯这里所说的"人"虽然并不是具体实在的人，但他还是启示了我们，对于"人是什么"的认识与理解其实取决于回答者自身的人文知识结构。当然，认识"人"正如"认识你自己"一样，永远是人类孜孜以求的地平线，在各种各样的人文实践中而非仅仅是在抽象思辨的观念中，"人"的形象得以不断地呈现和丰富，而诗歌，正是这类实践中最为性感的一种。

一

　　从福柯的"词与物"到当下诗坛的"物与词"，回归日常、注重生命具体形态的诗歌风尚依旧明显。帕斯说："诗的体现是对人本质的一种揭示。"对物的描绘即是对内心的描绘，对物的肯定即是对自我的肯定。在本季度中，在对物的书写中辨认自我，表达个体经验的独特性仍是诗歌创作的重要内容。

　　在桑子的组诗《松针上行走的人》中，诗人的笔触聚焦于抽象与具象的交织，字里行间蕴含玄想的气质。尽管每首诗都有一个特定的场景或物象，但也被给予了抽象的处理。如"总朝我们走来"的山毛榉，"永恒迁徙"的湖，或者大地"抖动自己的鳞片""群山如大海汹涌"。晦暗又厚重的诗歌气质，细腻的感知能力和丰满的幻想力，在与追问精神相遇中，呈现出一种不可遏制的速度与张力。一向以思辨性、分析性和超现实诗歌技艺见长的冯晏，本季度发表的《时间上的梅花螺丝刀》（组诗）仍然不避讳抽象理念的表达，语言质地坚硬。发散性的概念让诗本体撕裂成智性的演绎体。诗歌由传统的"使看到"转为"使如何看到"，思考的纹路清晰可辨。想象力、象征性、演算法则、被结构、重建意识、虚构、存在哲学、一致性、逻辑、闪回、暗示、反讽、隐喻、神秘主义，这类词汇在诗句中不断涌现，带来闪亮的哲学色彩。在抽象与具体的平衡术中，词语的意外以碎片化的方式呈现。词语的梦幻串联并没有摧毁所指的建立，新奇的词语搭配小心翼翼助推意义的生成。例如在《尝试碎片》中的"释放"与《风景里的氢元素》中的"空了"。"释放掉暗示、反讽，直接进入隐喻的神秘主义"。"意义空了，回到原点去尝试救赎词语"。这都可看作一种努力从"思想锋刃"返回实在，"努力雕刻但并不期许"的尝试。

包苞的组诗《寻找一只白色的乌鸦》善于捕捉意外之感，无论是面对飘扬的雪，还是寺阁山上的风，无论是"寻找一条河的名字"，还是执拗寻觅"一只白色的乌鸦"，抑或者追怀逐渐逝去老味道的"国营理发馆"，从空无中捕获所有，在虚无中构筑诗意。"下雪，就是下温暖——// 就是天空把自己的衣服脱下来，/ 轻轻，盖在大地身上。"天空与大地通过素白的雪相连，这传递的温暖驱赶了雪衣的寒冷。人立于天地间，用诗句裁剪目光所及的荒芜。

在诗组《悖谬之诗》（高鹏程）中，一个隐忍沉思的孤坐者，一个和诗歌相依为命的黑色灵魂，跃然纸上。诗行中的自我要求通过诗歌的悖谬辨识人世的悖谬。如何在理性的尘世安放自己是诗人写作的执拗。诗中的呼告体现了一种少有的真诚。在"孤独的复数"和"对另一只蝴蝶深深的悔意"中，诗人并未故步自封，对外界的触摸和感知依然可见。"一个失眠的人，被风吹成了空旷的码头。"而语言的力量也给了诗人足够的信心："是诗，是那些黑色的诗行，/ 替我们穿过了这纸上的西伯利亚 / 这漫长的风雪之夜"。同样严肃冷峻的是李志勇的诗。深度思考让诗句质地坚硬，具有不透明的光泽。光片一样的暮色，蓝到虚幻的天空，杯中离开海洋迷失目标的鲸鱼，承受高空雁阵与轻烟的房梁，纸上留存的词语的痕迹，比岩石还要坚硬的纸页……沿着诗人的目光望过去，"这世界不是中立的 / 它朝着某一面稍微倾斜着""风的周围，都诞生了一种工具 / 治理着蓝天，以及更远处的虚空""太阳在天空漂流着，如同一块木片在那里燃烧 / 山冈的轮廓线像一片波浪在窗户里起伏""边缘处，仍有牛在生活、闪光 / 边缘处，人还在从自己的话语中感知存在"。沿着诗人的目光望过去，是词语的运转，是精神的漫游。

牛梦牛的诗力图在庸常生活中寻找诗意，用诗行记录自己的困惑与执拗，在平淡中有坚定。"这一年，视我为得意者的／在他们眼里我更得意，视我为落魄者的／在他们眼里，我加倍落魄"（《这一年》）。面对生活之苦涩、生存之荒谬，诗人能够在极端选择中找到属于自己的个性与智慧，在"要么庸俗，要么孤独"中，"只想在世人把玩的过程中／慢慢泛出光泽"（《致叔本华》）。刘春的组诗《命运协奏曲》具有托物言志、以物抒怀的特点。以花、雪、月、露、草为题目，但又不细描其特征形状，而是更多象征与隐喻。常见之物被诗人视作具有生命的个体，甚至是诗人自己的化身。生命气息通过文字在物与我之间对流，形成心灵呼吸的云团。"命运协奏曲"也可看作诗人面对自然万物时"心事浩茫连广宇"的寂寞狂想曲。而黄清水的组诗《一场孤独的旅行》则写出了对生命本体的脉脉深情，其萦绕于心的始终是"虚无与存在"的反复摩擦。如何证明自身的存在，如何获取活着的真实感，如何避免深陷沉默的孤独中，这些问题时刻挤压着文字，步调沉重。思考者的形象如在目前。

二

巴迪欧曾说："诗歌是语言的场所，是在哲学摇摆不定的地方提出关于存在和关于时间的命题的场所。"本季度中，关于存在和时间的探索依然继续，并因人的本身存在而更加迷人。

沈方《致白鹭》组诗的中心是让白鹭成为白鹭，重新返回事物本身。渴望返璞归真与自我争辩贯穿全诗。通过与白鹭的想象性对话，现实的残酷、理性的虚假、存在的局限等依次降落。而逝去的一切最终返回成为未知的事物，在迷惘与坦诚中，诗人完成了一次虚妄的书写。同样写白鹭，叶丽隽组诗《惊鹭记》用平静的语言力量撕开现实的一角，张弛有度的叙述节奏很好地平衡了内里的沉重感。作为一种生命记忆的重返，诗人轻轻剥开物与词的结合部，在一种从容不迫中抓住诗的重心，并使之获得与所指相匹配的饱和度。有节制的思索点缀在诗句的藤蔓，成为一种引领诗意向上攀爬的力量。关于消逝、不忍、追悔，关于存在、灵魂、语言，诗人尤喜风物长宜放眼量，既感慨"人生，竟是这么一个递减的过程"，又"怀抱自由之热望，也始终／怀抱死之恳切"。

王志国组诗《尖锐的光芒》显露出时间的迷思，"寻找时间的人"与"被光找到的人"发现的是同一种东西：恒久不息的流逝。压抑内在的虚无，接受深渊的幽暗，或许能找到留存在诗行中救赎心灵的"寂静"。"山雀神秘的嗓音里／有一座山的寂静／一山的寂静中／有一架孤独的竖琴／在等待风雨／送来寂寞的琴弦"（《林中寂静》）。这也是在词的光辉中点燃的"寂静"。黄礼孩《景迈山》《在一朵花里遗忘自己》《不碍云山》等诗在文字中重返自然，期望寻觅一份古典的忘我之境，景与我在沉思中觅得了一种安然的统一。"从种子抵达果实的旅途／安歇之时，是一朵花／让我修补了现实"。诗即是"修补"，在物与词的裂缝处进行诗意的缝合。

近些年日渐令人瞩目的青年诗人谈骁，其组诗《禾字旁》最精彩之处莫过于对于日常生活诗意的打捞和平静的呈现。这种呈现意在让物回归自身，同时让语言回归自身。对万物难言的亲情表现得尤为细腻，推物及人，睹物返性，诗人所书写的核心即是物与我的相互"认出"。《草树的诗》则站在时间之外，平静而又朴素地描述了记忆之中的生与死：

> 绿皮火车的慢摇时光
> 像一首蔡琴的老歌
> 在高铁上，我看见它一晃而过
> 模糊，遥远，依稀的线条
> 就像逝去的青春
> 雪地上消融的车辙

"对世界的深情"，是宗小白的组诗《春山可望》的主题。有关爱与虚妄的思考通过文字变作触摸"灵魂的知识"："一切事物经过相减／才能得到结论"。在内心与现实之间，真诚的自问生发于对事物的环视与发现。野鸽、黄叶、樟树、浆果、海浪、鸥鸟、沙滩等万象让诗人颖悟，"一直是一些纸页使人的情感陡然穿越群山的激越／返回一花一草在风里的微妙翻卷"。秦立彦的组诗《迎春花》将日常物引向超验，细致入微的观察和思考令人动容。"抓住永恒中这属于自己的一瞬"是其诗作的全部秘密，在平静的讲述中蕴含着透视尘世的从容。她是个体生命的爱好者，珍视每一刻神经的触动。文字简柔又内织强韧，语调平和又坚定。

付炜的组诗《诗人继续沉默》颇具沉思的调子，缓慢的节奏保持一种词语的自信。时空的纵深感将沉思由眼前之物引入形而上的悸动。在日常经验的分解与再造中，细腻的感知能力和语言的精确运用让人难忘。

除了上述展现自我唯一性的与物对视之外，有的诗人能跳出诗歌本体的遮蔽，与文本本身进行对话，意识到了语言的局限与虚妄。这类写作在建构与解构间取得了平衡。

人邻《简与繁》(二首)操持两副笔墨，《物与词》极为简洁，十个片段惜字如金。通过物的再进入，重新审视语言（词）与存在的关系。《不邮书》则选择了若干类似书信的回忆片段，将往事重新呈现，细腻的笔触外加真挚的情感构造出颇为温暖的画面感。人生如烟，白驹过隙，唯有借助"词"才能捕捉"物"，也许这也是《物与词》中所写"世界不是荒唐 / 是荒唐之构成 // 不必要之必要的构成"的深在内涵。阿信组诗《新年致辞》中写得最好的还是诗人与自然万物连接的那一瞬，诗意盎然又庄严可感。天人合一带来的喜悦以及某种宗教感是阿信长久写作磨炼出的自然敬畏。个人存于世间的渺小被"物"发现，诗人在"无数静谧时刻"，完成一次"短暂的灵的战栗"，最终使得"一个词，找到词窟"。

在孤独的词中畅游和领受是怀金常见的姿态。怀金的诗始终内含一种拒绝、一种远离。从"偏执的词"到"锻造的词"，物的锋利正慢慢成形。《盐铁论》中"烧红的铁"与"一头羊的 / 门"，《鹅耳枥》中失聪的耳蜗与"未完成的影子"，《刑徒砖列传》中刑徒砖与缺失的神话，《叠涩时间》中冻结的故乡与"无主之地"，《雪坐在山顶》中"一根节骨眼"与"通透的刺"。关于救赎、关于真实、关于苦难、关于招魂，诗人并不言明。"不露声色的词语"需要在大雪中把倾听当作"手臂的支点"。

本季度，纳兰的组诗《融雪的熔炉》离开了以往的软抒情，诗句中纵横思考的折线。在日常生活中寻觅诗意仍是纳兰的长项，难能可贵的是他对诗歌本身始终保持着清醒的认识，探讨诗歌何谓与诗歌为何成为纳兰近作越来越凸显的焦点。思考重点的下探给予了诗歌沉甸甸的纵深感，思绪杂芜且多刺。"只有词的寂静 / 反哺着人的寂静"，可谓佳句。阿雅《G弦上的咏叹调》力图将自身砸碎，然后放入物的波纹中。自我充分感知物，并在物的反射中形成词的光辉。诗人有自觉的语言意识，不断在诗行中试探"语言的边界"。物与我在文字"不停的碎裂"中重新凝聚并相互观照。"更汹涌，更沉寂的我 / 在与流水的相互认证中，我抱着 / 记忆中的河流"。追寻模糊记忆之中的物象，使之重返，获得同"我"具有一致性的命名。

阅读宋憩园的诗，总能感受到他笔下日常经验的独特。诗人善于讲一个和自身若即若离的故事。他总是和缓地讲述，有时只是讲给自己听。这些故事缺乏戏剧性，缺乏内驱力加速经验的转化。如《复调》里"我思故我在"；《哲学》里在"如何写"中平衡感性与理性；《坐驰》中对现代经验的瞬间把握；《诗人的生活》中去掉文字的虚妄，触摸物本体；《两种关系》中审视自我，玄思与现实的交叠。自我与写作之间的可疑性和肯定性反映了自觉的写作意识，也是诗人确立自我存在的方式。

三

策兰在一次书店问卷的回答中写道："现实并不是简单地在那里，它需要被寻求和赢回。"同样，记忆也并非原生，它也需要我们去"寻求和赢回"。哈布瓦赫说："记忆只是在那些唤起了对它们回忆的心灵中才联系在一起，因为一些记忆让另一些记忆得以重建。"本季度中，心灵的回忆既有身边个体记忆的再临，又有文化认知记忆的重返。

张执浩的诗叙事简洁，举重若轻，情感克制，含而不露。如《雨脚》中将雨迹与奶奶的裹足相关联，将人世的悲苦附带一种不易察觉的悲悯。奶奶"不止一次见过雨的脚"与她"不止一次对我叹息"不仅增加回环的艺术效果，同时产生某种不可摆脱的轮回宿命之感。《胎音》也做了同样的处理，胎音拟作"画框里花开的声音"，贴在肚皮上聆听胎动成为两代人共同的动作，这份爱的传递背后也可视作人间经验的重返。组诗《冰箱贴》可称为沉入尘世的写作，整组诗取材以"吃"为主，各种食材和做法弥漫着浓郁的油烟味道。南瓜、甘蓝、金钱橘、螃蟹、虾球等无不呈现出诗人心仪的"平凡的诗学"。与之相对立的则是一种"身体里的光已经透支"的虚空，如何继续"在黑暗中写作"也许正是诗人想要从此组诗中获得的力量。

《雨水收集者》是谷禾的组诗，对世界的深爱，揉碎在语言的泥土中。人间亲情、故土回忆、万物之爱在平静的讲述中获得某种超越感，形成了一种盈满感动与感恩的大爱。"请恕我，不吐露一草一木，／她的词，磨着世界，／有一天，突然跳起来，跃入你的胸怀。"（《这首诗》）

以水为中心，构建回忆的演绎体，是海男组诗《水之赋》的追求。该组诗多意识流，有梦幻元素。全诗十八章，涉及飞禽走兽、依水而生的男女以及诗人自身与水相关的见闻和回忆，内容丰厚，可读性强。水的意象在女诗人笔下变得温婉多思，由生理的饥渴到谋取新知的渴求，再到对形而上的彼岸的渴望，感性触摸与精神认知相辅相成，形成一种独具个人主体性的"复眼视界"下的"精神寓言"（霍俊明语）。而余西的组诗《春》看似状写春色，实则叙写与父亲紧密连接的生命体验。对故乡的回忆成为生命的原点，对生命消逝的感受又成为回忆的动力。"春天"更多是靠近内心的布景，满园春色不是关不住，而是不敢看。罗逢春组诗《轻与重》在微物中咀嚼重负，亲人生命的即将远离如同草丛中的蒲公英被风吹散。轻与重，空与实，生命的飞扬与安稳在父亲的"预定死亡"（《订碑》）中预言着存在的荒谬。

除了个人记忆申述的"遥观自我"，文明（文化）的乡愁也通过互文性的关联或民族志的书写得以恢复与重建。

臧棣本季度带来的组诗《转引》令人欣喜。组诗均以"转引自 + 人名"方式命名，其中包括弗里德里·希施莱格尔、伊本·西拿、路德维希·冯·米塞斯、惠施、希罗多德、康拉德，涉及文学、医学、经济学、哲学、史学等方面。每首诗都与"转引"的对象相关，也可以说是诗人对对象所在领域的一种理解与领悟。其中不乏相关知识的融入，但这并不影响诗意的抵达。诗中肯定感性的肉体与自由的语言、渴望绽放"花朵的决心"与回归"生命的故园"。此外，作为一种引用方式，"转引"再次凸显了诗歌写作的互文性。在"系列诗（入门、丛书、协会、简史）"之后，臧棣将物的发现引入知识记忆之中，再次更新语言的有效性与神秘性。

同样转向与人类文明进行跨时空对话的还有葛筱强的《壮烈风景（节选）》。黄昏与雪成为他的言说背景，旧东北和老男人则是他的身份属性。节选部分大量引入文明长河中的智者先贤，如里尔克、帕斯捷尔纳克、茨维塔耶娃、荷尔德林、萨福、耶稣、李白、梅尔维尔、韩愈、黑格尔、果戈里、福柯、陶渊明、别尔嘉耶夫、鲁迅、兰波、马拉美、卡夫卡、卡尔维诺、托尔斯泰等。这些名字汇聚古今中外，成为写作互文与征引的对象，同时也成为诗人精神之路的明灯。即使不能"以空虚的愿望抵抗永不湮灭的焦虑"，"我始终相信，大地的诗歌永不终止"。

王家新近作依旧简洁，依旧严肃，依旧沉痛。对话性与反思性依旧是该组诗作内在流动的声音。郁达夫、陈子昂、杜甫、苇岸，这些逝者的灵魂从富春江边，从幽州台上，从"风疾舟中伏枕书怀"的诗句中，从"我说我不适宜进入二十一世纪"的日记里，一次又一次地返回"我们"身边。艺术榜样的崇高与精神境界的严峻在低吟的呼告中不断追问与反问，巨大的精神强力充溢诗句的裂缝，锻造一种灼目的精神现实。姚辉的《关于李白》可谓有关诗仙李白的抒情长调。当哭的长歌唤出古老而又新鲜的记忆，后世的想象化作文字的盛宴。"关于"并非直写，全诗并不与李白对话（虽然诗中常用"你"），而是极力渲染对于李白豪情与悲情的共情式的歌哭。桃李风月与酒剑山云相互穿插，全诗更像一场酒墨酣畅的舞剧，色彩飞扬，声韵铿锵。

陈人杰的组诗《山海间》涌动着颇具神性的辽远。冈仁波齐峰与雅鲁藏布江营构出异常开阔的诗歌背景。天空、雄鹰、星星、河流、石头等物象虽然呈现出神秘莫测的别样景观，但又因为投射着丰富的人生况味而触动人心。面对"地老天荒的沉默"，人类的渺小和战栗被急剧放大。"天空，肯定收留了大地上的声音／包括我的仰望／我看见蓝天俯视着我／它的眼神越来越蓝"。（《我曾长久地仰望蓝天》）诗人陷入沉思，"当我再一次端视，雅鲁藏布奔流／高原如码头，如词语们歇脚的厚嘴唇"。

读吉克·布《姑娘，姑娘》的感受类似于走在一个僻静的村庄，周身之物安静地流淌，也生也灭，不生不灭。一位姑娘可以拥有木炭画笔，一个村庄可以承载民族记忆，众神与母语在这位年轻的彝族诗人笔下具有了"民族志"的隐喻。与吉克·布的泛神论不同，震眷《赫哲人的口弦琴》属地性更浓，亘古的河流、世代的渔民、带有倒刺的鱼叉、白桦林、鱼楼、老猎枪，细节与民俗的展现是其长处。这种附带大量个体经验的古老民族记忆在语言中鲜活依旧，他们的努力探索是值得肯定的。

在本季度，隐逸诗人吕德安的组诗《还少一步》以静制动，以物观人，在尘嚣之外保持着对于生命、自然，对于可见与不可见之物的专注凝视与冥思。富有形式感的诗体，富含机锋的语言，对自我与存在关系的叩问，却是全然出之以宁静、娴雅而优美的感性形象，令人过目难忘：

　　少女踩过冰冻的草坪
　　细微的脆裂声传入体内

那不是蛇的唑唑声
那是雪缝里仿佛有知觉的草

发出水晶般的喊叫
她望着。而某些东西

确实镜子般碎裂了
正如那少女所震惊

和预感的。哟，神
在你轻妙的足迹里时光流逝，

而那少女晶莹剔透
她正思量着如何踩过

再踩过，而我们一旦注视她
也许就能喊出你的全部名字
——《少女踩过冰冻的草坪》

在《乡村学堂》中，育邦则将往事的视野伸展到了抽象的奥秘：

他在祠堂那边晨读

炊烟升起，塔楼上的钟声
就"当当当"地响了起来

他用光，用冰凉的黎明
测量童年的寂寞

他在池塘那边歌唱

微弱的声浪飘过水面
一个自我的大海开始涌动

那么多的时光，那么少的音符
如同一个白色梦境

　　吕德安和育邦的诗，提高了悟性在诗歌中的价值，令人油然而生"静观了群动，空故纳万境"的感触。

　　本雅明在其《十四行诗》中写道："正如诗人将回忆入诗／你们须能体会，爱之永恒／如何被温柔回味。"广义来说，每一首诗都是回忆。这里"爱之永恒"是诗人将自身对整个世界的认知与感动再现出来的努力。本季度中，日常生活经验的有效性与语言艺术探索的自觉性继续对抗着来自虚无的嘲弄。里尔克说："苦难没有认清，爱也没有学成。"这个夏天，现代世界急剧变化，苦难的形式延续内心的孤独、分裂与动荡。"眺望自己，以寻找的名义"（牧北《碎片书》），"用词语和烟雾从事修复的技艺"（张定浩《无尽的房间》）。也许我们所能做的正是借助只言片语练习一种"修复的技艺"。埃兹拉·庞德说："是语言在保存着爱尔兰。"当"世界不再是庭院，是舷窗"（高春林《航空港观止的十一种方式》），诗歌在"物与词"的共振中重返。

　　※ 本文资料来源主要为 2021 年秋季（7—9月）的国内诗歌刊物，包括《江南诗》《诗刊》《星星诗刊》《扬子江诗刊》《诗林》《诗潮》《诗歌月刊》，以及综合性文学刊物《人民文学》《十月》《作家》《山花》等。除了作者姓名、诗题，诗作发表刊物与期数不再一一注明。

图书在版编目（CIP）数据

诗收获. 2021 年. 冬之卷 / 雷平阳， 李少君主编
. -- 武汉：长江文艺出版社，2022.3
　　ISBN 978-7-5702-2577-4

　　Ⅰ. ①诗… Ⅱ. ①雷… ②李… Ⅲ. ①诗集－中国－
当代 Ⅳ. ①I227

　　中国版本图书馆 CIP 数据核字 (2022) 第 047915 号

策　　　划：沉　河
责任编辑：王成晨　　　　　　　　　　责任校对：毛季慧
封面设计：马　滨　　　　　　　　　　责任印制：邱　莉　　王光兴

出版：　长江出版传媒　　长江文艺出版社

地址：武汉市雄楚大街 268 号　　　　邮编：430070
发行：长江文艺出版社
http://www.cjlap.com
印刷：武汉市籍缘印刷厂

开本：720 毫米×1020 毫米　　1/16　　印张：17.25
版次：2022 年 3 月第 1 版　　　　　　2022 年 3 月第 1 次印刷
行数：7672 行

定价：49.00 元